타인의 기원

THE ORIGIN OF OTHERS

타인의 기원

토니 모리슨

이다희 옮김

바다출판사

타자로 산다는 것

타네히시 코츠 (Ta-Nehisi Coates, 작가·언론인)

2016년 봄, 토니 모리슨은 하버드대학교에서 '소속의 문학the literature of belonging'에 관해 여러 차례 강연을 했다. 그간 토니 모리슨이 집필해온 범상치 않은 글의 목록들을 고려한다면 하버드대의 강연에서 그가 인종이라는 주제에 주목했다는 점은 전혀 놀라운 사실이 아니다. 어찌 됐든 모리슨이 강연하던 그 시기는 그래도 희망이 보이던 시절이었다.

당시 버락 오바마 대통령은 두 번째 임기의 마지막 해에 들어섰고 대통령 지지도는 상승 중이었다. 막 시작된 'Black Lives Matter(흑인의 목숨도

중요하다)' 운동은 경찰의 가혹 행위를 전국적인 대화의 장에 올려놓았고, '인종에 관한 여느 대화'와 달리 이 때의 대화는 눈에 띠는 성과를 보였다.

오바마 정부의 두 흑인 법무장관이었던 에릭 홀더와 로레타 린치는 전국의 경찰서에 대한 조사를 시작했다. 퍼거슨, 시카고, 볼티모어에서 나온 여러 보고서는 그 동안 대체로 입소문으로만 국한되어 있었던 일종의 제도적 인종차별을 입증했다. 이 공격적인 접근 방식은 미국 최초의 여성 대통령이 될 거라 예견된 힐러리 클린턴 아래에서 여전히 이어질 것이라고 여겨졌다.

토니 모리슨이 강연 시리즈를 시작할 당시, 힐러리 클린턴의 상대는 정치적으로는 경량급이라고 여겨지던 남성이었고 대세는 클린턴이 훨씬 우세했다. 이 모든 상황은 역사의 명령을 거스르고 마침내 '도덕적인 우주가 그리는 긴 원호의 끝에 있는 정의'라는 종점에 마침내 도달하려고 애쓰는 한 나라의 궤적을 증언하고 있었다(마틴 루터 킹 목사는 "도덕적 우주가 긴 원호를 그리지만 그 원호는 결국 정의를 향해 휘어 있다"고 말한 바 있다-옮긴이).

그러던 중에 원호가 좀 더 길어졌다. 도널드 트럼프의 승리에 대한 첫 반응은 이 승리가 미국의 인종차별에 대해 무엇을 말해주고 있는지를 과소평가하고 있었다. 2016년 대선은 새로운 경제에 편입되지 못한 이들이 월스트리트를 상대로 벌인 일종의 민중 봉기였다는 단순한 주장이 속속 등장하였으니 말이다. 클린턴이 '정체성 정치'에 집중하느라 실패할 수밖에 없었다는 얘기였다. 이런 논리는 종종 자멸의 씨앗을 품게 되어 있다. 이 새로운 경제가 가장 많이 내팽개친 사람들, 즉 피부가 검거나 갈색인 노동자들이 왜 트럼프 연합에 들어가지 않았는지 아무도 설명하려 하지 않은 것이다.

뿐만 아니라 힐러리 클린턴의 '정체성 정치'를

비판하던 장본인들은 스스로가 정작 그런 정치를 펼치는 데 거리낌이 없었다. 클린턴의 주 경쟁자였던 버니 샌더스 상원의원은 백인 노동 계급에 뿌리를 둔 자신의 배경을 자랑하다가도, 일주일 후에는 민주당원들에게 정체성 정치를 "넘어서라"고 다그치곤 했다. 모든 정체성 정치가 평등하게 태어난 것은 아닌 듯했다.

토니 모리슨이 새로 집필한 《타인의 기원》은 하버드대에서 열린 그의 강연 시리즈를 바탕으로 하고 있으며, 도널드 트럼프의 인기 상승과 직접적인 연관은 없다. 하지만 소속감에 대한 모리슨의 생각, 다시 말해 사회가 제공하는 우산 아래 들어올 자리가 누구에게 있고 누구에게는 그런 자리가 주어지지 않는지에 대한 생각을 읽으면서 현 시점을 고려하지 않을 수 없다.

《타인의 기원》은 미국의 역사라는 영역을 탐구하면서 미국 역사상 가장 오래되고 강력한 형태의 정체성 정치에 주목한다. 바로 인종차별이라는 정체성 정치이다. 이 책은 이방인을 만들어내고 울타리를 세우는 일에 대해서 문학비평과 역사, 혹은 회고록 형식으로 말하고 있으며 우리가 그 울타리를 어떻게, 그리고 왜 피부색과 연관 짓게 되었는지 이해하고자 쓰여졌다.

지난 한 세기 동안 백인에 의한 인종차별이 결코 사라지지 않는 성격의 것임에 주목하고 이를 효과적으로 논증하며 진화해오기까지 다양한 작가들의 작업이 있었다. 모리슨의 이 책 또한 그러한 작업 활동의 일부이다.

모리슨의 동지들 중에는 이 인종차별의 폭력성과 거기서 거두어진 이득을 폭로한 스벤 베커트와 에드워드 뱁티스트도 있고, 인종차별이 어떻게 남북전쟁을 탄생시켰으며 나라를 재건하려는 노력을 무력화했는지를 밝힌 제임스 맥퍼슨과 에릭 포너도 있다. 베릴 새터와 아이라 캣츠넬슨은 인종차별이 어떻게 뉴딜을 부패하게 만들었는지를 설명해주었고, 칼릴 지브란 무하마드와 브루스 웨스턴은 여전히 계속되는 인종차별이 엄청나게 높은 투옥률의 시대를 어떻게 열었는지를 보여주었다.

그러나 모리슨의 작업과 가장 유사한, 사촌 격의 작품이 있다면 바바라 필즈와 캐런 필즈의 책 《레이스크래프트Racecraft》라고 할 수 있다. 이 책은 미국인들이 '인종차별'이라는 현재진행형의 범죄를 지우기 위해 '인종'이라는 현재진행형이 아닌 개념을 이용해왔다고 주장한다. 다시 말해 '인종차별주의'가 아닌 '인종'을 언급할 때 우리는 인종이 자연 세계의 한 특징적 요소이며, 그렇기 때문에 인종차별주의도 당연히 존재할 수 있는 결과라는 생각을 구체화하게 된다.

이런 공식이 언어도단이며, 인종차별주의가 인종보다 앞선다는 사실을 보여주는 학술적 근거는 잔뜩 쌓여 있지만 미국인들은 여전히 이해하지 못하고 있다. '인종 분리' '인종 간의 단절' '인종 간의 분열' '인종 프로파일링' '인종적 다양성'

등 인종에 관한 여러 담론들을 이야기하지만, 이런 개념들은 마치 인종이라는 것이 인간의 힘으로 어쩌지 못하는 무언가를 기반으로 하고 있음을 내포하기도 한다. 이런 화법의 영향은 적지 않다. 만약 인종이 유전자나 신, 혹은 둘 다의 소행이라면 우리는 이 문제를 풀지 못한다고 해도 우리 스스로를 용서할 수 있다.

모리슨의 탐구는 인종과 유전자 간의 접점이 그다지 크지 않다고 주장하는, 다소 불편한 지점에서 시작한다. 그리고 그토록 허술한 개념이 어떻게 수천만 명의 생각들을 이토록 사로잡을 수 있었는지, 그 지점부터 이해할 수 있도록 돕는다. 모리슨은 그 핵심에, 비인간적인 행위를 저지르던 사람들이 분명 자기 자신의 인간성을 확인해야 할 필요가 있었다고 말한다. 그러면서 모리슨은 농장주 토마스 티슬우드의 기록을 살펴보기도 한다.

티슬우드는 여성 노예를 수차례 강간하였다.

그리고 마치 양털 깎는 작업을 일기장에 기록하듯, 강간한 사실을 아무렇지도 않게 일기에 기록하였다. "그의 성행위에 대한 기록 사이사이에는 농사, 잡무, 방문객, 질병 등에 관한 내용도 쓰여 있었다"는 모리슨의 설명을 들으면 이내 오싹해진다. 티슬우드가 그처럼 무감각하게 강간을 저지르려면 어떤 정신적인 의도적 노력을 해야 했을까? 바로 타자화라는 정신적인 노력일 것이다. 노예의 주인과 노예 사이에 어떤 자연적이고도 신이 내린 구분이 존재한다고 스스로를 설득하는 노력 말이다.

그런가 하면 어떤 여주인이 자신의 노예인 매리 프린스에게 가한 혹독한 매질을 두고, 모리슨은 다음과 같이 분석하였다.

"노예를 자신과 전혀 다른 종으로 굳이 취급해야겠다는 필요성은, 아마도 자기 자아가 지극히 정상임을 확인하려는 절박한 시도라고 보인다. 인간과 비인간을 명확히 구분하려는 시도가 너무

나 강력하고 집요하면 오히려 스포트라이트는 비하의 대상이 아니라 그 주체를 비추게 된다. 노예들이 과장을 보탰다고 가정해도 노예 소유주들의 정서는 야만적이다. 마치 '나는 괴물이 아니야! 괴물이 아니라고! 내가 나약하지 않다는 걸 증명하기 위해 힘없는 것들을 괴롭히는 것뿐이야!'라고 외치고 있는 것 같다. 이방인을 동정하는 행위는 자신 또한 이방인 취급을 당할 가능성 때문에 위험한 일로 간주된다. 인종화된racial-ized 지위를 잃는다는 것은 지금껏 떠받들린 채 높은 가치로 살아온 자신만의 차별성을 잃는 것이기도 하다."

주인과 노예에 대해 이야기하고 있지만 지위에 대한 모리슨의 주장은 오늘날에도 유효하다. 지난 몇 년간 줄줄이 등장한 여러 영상들을 통해 확인할 수 있었다. 미국 경찰은 상대적으로 경미한 위반이나, 혹은 위반이라 할 수도 없는 가벼운 행위에도 흑인들을 때리고, 전기 충격기로 공격하고, 목을 조르고, 총으로 쏘았다. 아프리카계 미국인들뿐만 아니라 수많은 미국인들이 경악했다. 그럼에도 정당화의 언어는 낯설지 않았다.

경찰관인 대런 윌슨은 마이클 브라운을 살해한 뒤 브라운이 "총격을 돌파하려고 몸을 키우는 듯" 보였다고 말했다. 다시 말해 브라운을 인간이라는 존재를 넘어선, 궁극적으로 인간보다 못한 어떤 존재로 그려내는 것이었다. 뿐만 아니라 경찰은 찌는 듯한 여름날이었음에도 브라운의 사체를 콘크리트 위에 내버려두었다. 이 또한 경찰이 브라운을 인간 이하의 존재로 취급하고 있었다는 사실을 보여준다. 브라운을 일종의 괴물로 그려내는 행위를 통해 브라운의 살해를 정당화한 것이다.

법무부 보고서는 경찰 병력이 갱단과 다름이 없었다고 기록했지만, 경찰은 브라운의 비인간화를 통해 스스로를 합법적인 존재, 철저히 인간적인 존재로 여길 수 있었다.

인종차별적 비인간화는 단지 상징적인 데서 끝

나지 않는다. 권력의 경계를 그어버렸다. 역사가 넬 페인터의 글에 따르면 '인종은 관념이지 실재가 아니다.' 인종이라는 관념 덕분에 미국에 사는 백인이라면 마이클 브라운이나 월터 스캇, 에릭 가너와 같은 방식으로 죽음을 맞이할 확률은 저절로 줄어들 것이다. 죽음이란 것은 '타자'로 산다는 것, 다시 말해 위대한 '소속감'의 경계 너머에서 존재한다는 의미를 보여주는 극단적인 사례일 뿐이다.

유권자들을 도널드 트럼프의 품으로 몰아갔다고 하는 '경제적 불안'은 대부분의 흑인들의 삶과 비교하면 훨씬 나은 상황이다. 공화당 경선에서 트럼프에게 투표한 사람들의 가계 소득 중간값은 평균적인 미국 흑인 가정의 가계 소득 중간값의 약 두 배였다.

다는 아니지만 주로 백인들 사이에서 문제가 되고 있는 마약성 진통제의 유행을 보더라도 이에 대한 오늘날의 연민의 물결은 1980년대 코카인 사태를 향했던 비난의 파도와 결이 다르다. 특정 백인 남성 집단의 사망률이 증가하는 데 따른 최근의 우려는 이 나라 흑인들의 삶을 언제나 괴롭혀왔던 높은 사망률에 대한 체념, 무관심과 결이 다르다는 애기다.

인종차별은 중요한 문제이다. 그리고 이 나라에서 타자로 산다는 것 또한 중요한 문제이다. 이는 앞으로도 계속 중요한 문제일 것이다. 절망적이지만 진실이다. 인류 사회에서 오로지 선의로만 특권을 양보하는 일은 매우 드물다. 따라서 백인성을 숭배하는 사람들이 종교를 버리는 세상이 온다면 그것은 백인의 특권이 감당할 수 없는 사치가 되는 세상일 것이다. 미국 역사에서 이미 이런 순간을 여러 번 목격했다.

남북전쟁이 장기화되자 백인들은 흑인들도 전열에서 함께 죽음을 맞이할 자격이 있다고 결론지었다. 그리고 소련과의 냉전 당시 '짐 크로우법(흑인에게 차별적이었던 분리주의 정책–옮긴이)'

을 따르는 남부가 세계적인 수치로 인식되었고 적국의 선전 활동에 손쉽게 이용되었을 때도 마찬가지였다. 조지 W. 부시의 임기 동안 두 번의 수렁과 같은 전쟁이 벌어지고 경제가 자유 낙하하면서, 더불어 닥쳐온 허리케인 카트리나의 뒷수습에 연방정부가 처참히 실패하는 모습을 보여주자 최초의 흑인 대통령이 당선되는 바탕이 마련되었다. 이처럼 힘든 상황 속에서 희망의 파도는 늘 생겨났고, 어쩌면 이 나라가 역사의 흐름을 바꿔놓을지 모른다는 기대 또한 팽배했다. 물론 모든 경우에 그 희망은 궁극적으로 좌절로 이어졌지만 말이다.

우리가 왜 또다시 제자리로 왔는지 이해해야 하는 지금, 천만다행으로 토니 모리슨이 있다. 모리슨은 이 나라가 배출한 가장 탁월한 작가이자 사상가에 속한다. 모리슨의 작업은 역사에 뿌리를 내리고 있으며 역사의 가장 기괴한 징후에서 아름다움을 끌어낸다. 하지만 그 아름다움은 환

17

상이 아니다.

우리를 붙잡고 있는 역사의 손아귀에 대한 이해가 깊은 사람들 가운데 모리슨이 있다는 사실은 그래서인지 놀랍지 않다. 그 이해를 풀어 쓴 책이 《타인의 기원》이다. 이 책이 과거의 손아귀로부터 즉시 벗어날 수 있는 방법을 보여주지는 못한다고 해도, 과거가 우리를 어떻게 장악했는지 파악하는 데 반가운 도움을 줄 것이다.

차례

1.   어느새 타인이 되다

지구상의 거의 모든 집단은, 권력이 있든 없든,
자기 집단의 신념을 강화하기 위해 타자를 만들어 세움으로써
비슷한 방식으로 타 집단을 통렬히 비난해왔다.

타자화된 최초의 기억

나의 증조할머니 밀리선트 맥티어가 우리집에 온
다는 소식을 들었을 때, 당시 우리 자매가 여전히
바닥에서 놀던 시절이었으니 아마 1932년이나
33년이었을 것이다. 종종 회자되는 전설적인 인
물이었던 할머니는 마을에 있는 모든 친척 집들
을 방문할 예정이었다.

미시건 주에 살고 있던 할머니는 많은 사람들
이 끊이지 않고 도움을 청하는 산파였다. 할머니
의 오하이오 주 방문을 오랫동안 기다려 온 사람
이 많았다. 우리 가문의 지혜롭고 절대적이며 위
풍당당한 우두머리였기 때문이다.

할머니가 방에 들어서자 내 눈 앞에 생전 처음

보는 일이 벌어졌다. 누가 시키지도 않았는데 남자들이 죄다 자리에서 일어선 것이다.

다른 친척들 집을 돌고난 뒤 마침내 우리집 거실에 등장한 할머니의 모습은 키가 크고 꼿꼿했다. 할머니는 그다지 필요해 보이지 않는 지팡이에 기대어 서서 엄마에게 인사를 건넸다. 그러고는 바닥에서 놀고 있는, 혹은 단지 앉아 있을 뿐인 우리 자매를 바라보더니 이내 얼굴을 찡그리면서 지팡이로 가리키며 말했다.

"섞였구만, 이 애들."

엄마는 한사코 부인했지만 상처는 돌이킬 수 없었다. 증조할머니는 새카만 피부를 갖고 있었고, 그런 할머니가 엄마에게 건넨 말이 무슨 뜻인지 정확히 이해할 수 있었다. 엄마의 자식인 우리들이, 그리고 우리 직계가족 모두가, 더럽혀졌다는 뜻, 순수하지 않다는 뜻이었다.

그처럼 어린 나이에 나는 내가 타자이기 때문에 부족하다고 여겨지는 기분이 어떤 건지 깨달

앞다(혹은 뭘 모르는 상태였으니 깨우침을 당했다고나 할까). 하지만 이 일이 나에게 깊은 인상을 남기지는 못했다. 아마도 내가 오만한 천성을 타고난 데다 자기애가 넘쳤기 때문이었을 것이다.

"섞였다"는 말이 처음에는 특별하게 느껴졌다. 매력 있는 사람이 된 기분이었다. 하지만 엄마가 엄마의 할머니의 말을 부정했을 때 알 수 있었다. "섞였다"는 말이 내가 완전히 타자라는 의미는 아닐지언정 무언가 부족하다는 의미를 지녔다는 사실이 명백해졌다.

'타자성'을 보여주는 문화적, 인종적, 외모적 특이점을 서술하면서 가치 혹은 지위의 범주에서 자유로울 수 있는 경우는 드물다. 문자와 문학 속에서 피부색에 대한 서술은 다수의 경우, 아니 대체로 은밀하거나, 미묘하거나, 의사과학擬似科學적으로 '증명된' 방식을 따른다. 그리고 지배 우위를 유지하기 위해 이런 서술 방식이 정당하며 정확하다고 주장한다.

우리는 자연세계 안에서의 생존 전략에 대해서 잘 알고 있다. 둥지를 지키기 위해 주의를 분산시키거나 희생하기, 무리 지어 사냥하거나 마구잡이로 먹잇감 쫓기 등⋯⋯.

하지만 고등 동물인 인간은 우리 부족 사람과 그 밖의 사람을 구분지은 뒤 상대를 적으로, 즉 취약하고 결핍이 있으며 통제가 필요한 대상으로 판단하려는 경향이 있다. 이런 오래된 경향은 단순히 동물계나 선사시대 인간에게만 국한된 것이 아니다. 피부색은 부, 계급, 젠더와 마찬가지로 다름을 판단하는 데에서 끊임없이 결정권을 행사해 왔다. 그리고 이 모든 것은 권력과 통제의 필요와 관련되어 있다.

미국 남부 출신의 의학자인 새뮤얼 카트라이트는 노예의 주인이기도 하다. 그가 쓴 우생학 저서를 읽어보기만 해도 과학에서, 심지어 정치에서, 타자를 통제하기 위한 기록을 남기는 데 얼마나 열심이었는지를 알 수 있다. 카트라이트는〈흑인

종의 질병과 신체적 특이점에 대한 보고〉(1851)
에서 다음과 같이 적는다.

불변의 생리적 법칙에 따라 흑인종은, 드물게 예외
가 있기는 해도, 대체로, 오직 백인의 강제적인 권
위 아래 있을 때만이 도덕적 교양을 쌓거나 종교 및
다른 교육의 덕을 볼 수 있을 정도의 지적 능력을
일깨울 수 있다.
……게으른 천성 때문에 강요라는 자극을 통하지
않으면 대기를 빨아들일 폐의 용량도 절반밖에 확
장되지 않으며 운동 부족으로 인해 꾸벅꾸벅 졸면
서 일생을 보내게 된다. ……흑인은 혈액이 뇌로 공
급되면 정신은 무지, 미신, 야만에 얽매이게 되며
문명, 도덕적 교양, 종교적 진실 등에는 문을 걸어
잠근다.

그러면서 카트라이트 박사는 두 가지 질병을
언급한다. 하나는 자신이 '드라페토마니아drapeto-

mania'라고 명명한 질병으로 '노예가 탈주하는 원인이 되는' 질병이다. 다른 하나는 '흑인 감각 부전dysaethesia aethiopica'이라는 진단명으로 불렸는데, 일종의 정신적 무기력 상태를 말한다. 이 병은 흑인으로 하여금 '절반쯤 잠든 사람처럼 행동하게' 만든다(노예주들이 흔히 '행실 불량'이라고 일컫는 상태였다).

그런데 노예가 그처럼 짐이 되고 위협적인 존재라면 왜 그토록 열심히 사고 팔았는지 의심을 가져볼 만하다. 그들의 장점은 마지막에 가서야 기술된다.

흑인에게 그토록 유익한 강제 운동은 목화, 설탕, 쌀, 담배 등의 재배에 이용할 수 있고 그들의 노동이 없다면…… 재배되지 않을 것이며 세상은 이런 생산물을 누릴 수 없을 것이다. 따라서 양측 모두에게, 흑인과 주인 모두에게 이득이다.

이런 관찰 결과는 단지 가벼운 사건이 아니었다. 《뉴올리언스 의학, 외과학 저널New Orleans Medical, Surgical Journal》에 실릴 정도였다. 요점인즉 흑인이란 유용한 존재이며, 그 유용성에는 가축과는 좀 다르지만 인간과는 분명히 구분되는 측면이 있다는 주장이었다.

지구상의 거의 모든 집단은, 권력이 있든 없든, 자기 집단의 신념을 강화하기 위해 타자를 만들어 세움으로써 비슷한 방식으로 타 집단을 통렬히 비난해왔다.

과학적 인종차별은 자아를 정의 내리기 위한 수단으로서 외부인의 식별을 목적으로 한다. 하지만 한 집단을 타자화하고 그 특성을 범주화해서 멸시하지 않고도 자기 집단의 특성을 유지하는(심지어 즐기는) 방법도 있을 것이다. 이처럼 자아에 대한 정의는 자아를 정의 내리기 위한 수단이 된 타자를 비난할 수도 있고 지지할 수도 있다. 문학은 그것을 드러내고 탐구하기 위한 특별하고 명백한 단서들을 제공한다.

　사람은 어떻게 하면 인종차별, 성 차별을 하게 되는 걸까? 누구도 태어날 때부터 인종차별을 하는 사람은 없다. 애초에 성 차별을 하기 쉬운 소인을 가진 태아도 없다. 타자화는 강의나 교육을 통해 배우는 것이 아니라 남이 하는 것을 보고 따라 배우게 된다.

고민 없는 폭력

노예제도라는 것이 수익성은 높을지 몰라도 너무나 비인간적인 제도임을, 아마도 파는 사람과 팔리는 사람 모두가 명백히 알고 있는 사실이었을 것이다. 이들을 중개하는 노예상들은 당연히 노예가 되고 싶어 하지 않았다. 팔려간 사람들은 노예가 되지 않기 위해 스스로 목숨을 끊는 일도 종종 발생했다.

그런데도 이 제도는 어떻게 유지가 가능했을까? 여러 국가들은 노예제도라는 퇴행적인 제도를 받아들이기 위한 한 가지 방법으로, 바로 폭력을 동원했다. 그리고 또 다른 방법이 있었는데, 그것이 노예제도의 '낭만화'였다.

1750년, 한 영국 귀족이 있었다. 차남으로 태어난 그는 아마도 장자 상속제도 때문에 자신에게 주어질 유산이 없음을 알고, 집을 떠나 재산을 모으기 위해 노예 감독으로 일하기 시작했다. 이후 성공한 그는 자메이카에서 노예와 사탕수수 농장을 소유하게 되었다. 이 귀족의 이름은 토마스 티슬우드이다. 그의 일생, 업적, 그리고 사유는 더글라스 홀이라는 사람에 의해 낱낱이 연구되고 기록되었다.

홀의 기록은 맥밀란 출판사의 '워릭대학교 카리브해 연구총서Warwick University Caribbean Studies Series'에 수록된 여러 학술 기록의 일부였고 추후 서인도대학 출판사에서 재출간되었다. 여기서 언급

된 책 가운데《참혹한 노예제도의 내막In Miserable Slavery》은 1987년에 출간되었는데 티슬우드의 서류에서 발췌한 글과 더글라스 홀의 설명을 담고 있다.

새뮤얼 페피스와 마찬가지로 티슬우드의 일기도 매우 꼼꼼히 기록되어 있었다. 어떠한 자기반성이나 일관된 판단 등은 적지 않고 오로지 사실만을 적은 일기였다. 사건, 다른 사람들과의 만남, 날씨, 협상 내용, 가격, 손해 여부 등 스스로 관심이 있거나 적어둘 필요가 있다고 생각한 내용들이었다. 기록한 정보를 출판하거나 공개할 계획은 당연히 없었을 것이다.

티슬우드의 일기를 읽어보면 이 나라 사람들 대부분과 마찬가지로 티슬우드 역시 현상유지에 전념하고 있는 듯하다. 그는 노예제가 담고 있는 도덕성의 문제라든가, 그 체계 속에서 자신이 어떤 위치에 있는지 등에 대해 전혀 고민하지 않았다. 단지 있는 그대로의 세상 속에 존재하며 보이는 것만 기록했을 뿐이다.

바로 이것, 즉 결코 이례적이지 않았던 이런 도덕적 판단에 대한 무관심이 당시 노예제도에 대한 세상의 태도를 조명해준다.

티슬우드가 작성한 철저한 기록 중에는 사적인 내용도 담겨 있었는데, 바로 농장 안에서 벌어진 성생활에 대한 상세 기록이었다(과거 영국에 살았을 때 젊은 혈기로 가볍게 일삼던 성생활과 다르지 않았다). 티슬우드는 상대와 만남을 가진 시각, 만족도, 행위 횟수, 그리고 무엇보다 만남이 이루어진 장소까지 자세히 기록했다. 그가 성생활에서 쾌락을 느꼈다는 명백한 사실 외에도 주목할 점은 상대를 통제하기가 손쉽고 편리했다는 것이다. 일부러 유혹한다거나, 심지어 대화를 나눌 필요도 없었다.

그는 사탕수수 가격이나 밀가루 가격의 협상에 성공한 일을 기록한 것과 함께 이러한 성행위의 과정을 간략하게 표기하였다. 티슬우드는 자신의 사업 관련 기록과는 달리 성행위에 관한 기록은 라틴어로 적어놓았다. '침대 위에서'는 *'Sup. Lect.'*, '땅바닥에서'는 *'Sup. Terr.'*, '숲에서'는 *'In Silva'*, '큰 방에서' 혹은 '작은 방에서'는 *'In Mag. Dom.'* 혹은 *'In Parv. Dom.'* 그리고 만족스럽지 않았을 때에는 *'Sed non bene.'* 라고 적었다.

요즘 같았으면 당연히 강간이라고 부르겠지만, 당시에는 엄연한 '주인의 권리*droit du seigneur*'라고 표현했다. 성행위에 대한 기록 사이사이에는 농사, 잡무, 방문객, 질병 등에 관한 내용이 함께 나열되어 있었다. 1751년 9월 10일자 일기에는 다음과 같이 적혀 있었다.

오전 열 시 반쯤, 콩고인 플로라와 함께[cum], 강우측 편 수원지 위쪽 흑인 마을 방향 사탕수수 밭 땅바닥에서[super terram]. 물냉이 따러 옴. 4비트(은화를 잘라 만든 화폐—옮긴이)를 줌.

다음 날 이른 아침에 그는 이렇게 적는다.

새벽 두 시경, 흑인 여자애와 함께[cum]. 동쪽 응접
실 북쪽 침대 발치, 바닥 위[super]에서. '모름.'

1760년 6월 2일 기록의 일부는 다음과 같다.

"작업장 정리, 나무 고리 제작, 연못 흙 제거 등. 오
후 L.밈버와 함께[cum], 내 침대 위에서[sup. me
lect]."

노예제를 '낭만화' 하려는 문학적 시도는 좀 다
른 경우이지만 그래도 많은 것을 시사한다. 이런
시도는 노예제를 인간적으로 보이게 하고, 심지
어 소중하게 여김으로써 소화하기 쉽게, 심지어
선호할 만한 것으로 만든다. 무해한 통제도, 탐욕
스러운 통제도 궁극적으로는 필요가 없도록 만드
는 것이다.

백인들을 위한 톰 아저씨의 오두막

해리엇 비처 스토는 (백인) 독자들에게 이렇게 말하는 것 같다.

'보셨죠? 진정하세요. 노예들은 스스로 통제할 줄 알아요. 겁먹지 말아요. 흑인들은 다만 봉사하고 싶을 뿐이에요. 노예는 천성이 상냥하답니다.'

스토는 이렇게 암시하고 있다. '사이먼 르그리(북부 태생이라는 점이 중요)같은 악랄한 백인만이 그 천성을 방해하며 흑인들을 위협하고 학대하는 것이지요.'

백인들이 가진, 잔인한 행동을 유발할 수 있는 공포나 경멸의 감정이 실은 불필요한 것이라며 암시를 던지고 있는 것이다. 대체로 불필요하다고…… 대체로.

하지만 스토의 작품《톰 아저씨의 오두막》에는 작가 자신의 공포를 반영하는 요소, 말하자면 문학적 보호 장치가 들어 있다. 물론 스토가 독자의 우려에 너무 민감한 것일지도 모른다. 가령 19세기에 흑인들만의 공간Black Space에 들어서는 행위를 어떻게 하면 안전하게 보이도록 그릴 수 있을까? 그냥 노크하고 들어서면 될까? 무장하지 않은 채 들어가도 될까?

조지 도련님과 같은 어린 사내아이라도 톰 아저씨와 클로이 아줌마네 집을 방문하려면 지나칠 정도로 무해한 환대와 안전을 뜻하는 신호가 필요하다. 누추하고 작은 오두막인 톰 아저씨의 집은 주인이 살고 있는 대저택의 바로 곁에 있다. 그러나 스토는 작품 속에서 백인 사내아이가 오두막에 들어서려면 아이가 안전하게 오고 갈 수 있으리라는 명백한 신호를 주어야 한다고 생각했다. 그러니 오두막의 입구를 과도하게 매력적으로 묘사할 수밖에 없었을 것이다.

오두막 앞에는 정갈한 텃밭이 있었는데 여름마다 딸기와 산딸기, 각종 과일과 채소가 정성어린 손길 아래 풍성하게 자랐다. 오두막의 전면은 온통 커다란 진홍색 베고니아와 토종 찔레꽃으로 뒤덮여 있었다. 얼마나 촘촘하게 얽히고 꼬여 있었으면 거친 통나무는 흔적조차 보이지 않았다. 여기서도 여름에는 금잔화, 피튜니아, 분꽃을 비롯한 온갖 화려한 1년생 식물들이 너그러운 한 구석에서 눈부신 자태를 뽐냈다.

스토가 애써 묘사하는 자연의 아름다움은 가꾸어진, 우호적인, 유혹적인, 그리고 과도한 아름다움이다.

좁디좁은 오두막 안에서 클로이 아줌마는 요리를 하면서 사람들에게 지시를 내리거나, 잡담과 칭찬을 주고받는다. 그리고 마침내 모여 앉아 식사를 한다. 하지만 모즈와 피트는 식탁 밑의 바닥에서 식사를 한다. 클로이가 음식 덩어리를 던지면 허겁지겁 받아먹곤 하면서 말이다.

조지 도련님과 톰은 난롯가 옆 편안한 자리에 앉아 있다. 클로이 아줌마는 빵을 푸짐하게 구운 뒤에 아기를 무릎에 앉히고 자기도 먹고 아이도 먹이면서, 그러다 한 번씩 모즈와 피트에게도 나누어준다. 두 아이들은 식탁 아래 바닥을 굴러다니며 먹는 것을 더 즐거워하는 듯했다. 둘은 서로 간지럼을 태우거나 이따금 아기의 발가락을 잡아당기기도 했다.

"얘들아, 좀 얌전히 있을래?"

엄마는 애들이 너무 떠들면 가끔 식탁 아래로 발을 휘저었다.

"백인 손님이 오실 때만이라도 점잖을 수 없니? 그만 좀 해. 얌전하게 굴지 않으면 조지 도련님 가신 다음에 정신 똑바로 차리게 해준다!"

나한테 이 대목은 놀라운 장면이었다. 백인의 어린 도련님은 배가 부르다고 하고, 흑인인 노예 엄마는 품에 아기를 안은 채 번갈아가며 아기도 먹이고 자신도 먹는다. '남편'도 함께 먹는다. 하지만 정작 자신의 두 아이들에게는 흙바닥에 음식을 던지면서 이것을 허겁지겁 주워 먹게 만든다고?

아무리 생각해도 이 기이한 장면은 독자들에게 재미를 주기 위해 만들어진 듯하다. 그리고 이 광경이 보여주는 분위기는 모든 면에서 안전하고 심지어 유쾌하며, 무엇보다 상냥하고 너그럽고 고분고분하다는 확신을 주고 있다. 겁먹은 백인 독자를 안심시키려는 의도를 갖고 백인과 흑인의 모습 사이에 뚜렷한 선을 긋는 이러한 부분들을 신중하게 넣어준 것이다.

해리엇 비처 스토는 톰이나 클로이 아줌마, 혹은 다른 흑인들에게 읽히기 위해《톰 아저씨의 오두막》을 쓴 것이 아니다. 스토의 동시대 독자층은 백인들이었다. 이런 낭만화된 이야기를 필요로 하거나 원하고, 이를 즐길 수 있는 사람은 백인들이었던 것이다.

티슬우드에게 강간은 '주인의 권리droit du seigneur'라는, 다시 말해 주인의 관점에서 본 로맨스였다. 스토는 노예제도의 성과 낭만을 무균 상태로 만들었으며, 게다가 그것에 향수를 뿌리기도 했다. 어린 이바와 탑시의 관계도 마찬가지다. 단순하고 제멋대로인 탑시를 애정 많은 백인 아이가 구원하고 교화하는 모습을 보면, 이들의 관계가 얼마나 감상적으로 다루어졌는지를 알 수 있다. 노예제도를 낭만화한 또 하나의 주요 사례인 것이다.

깊이 들어가 보면 나는 나의 증조할머니에게 빚을 지고 있다. 증조할머니는 실제로 우리에게 도움을 주려고 한 말은 아니었지만—우리의 결핍을 치유할 방법을 제공하지는 못했으니까—, 증조할머니의 말은 나로 하여금 어떤 질문에 깊이 파고 들게 만들었고, 이것이 나의 글 전반에 영향을 끼쳤다.

《가장 파란 눈The Bluest Eye》은 인종차별로 인한 자기혐오의 유해성을 탐구하려는 나의 첫 시도였고, 이후 나는 그 반대, 즉 인종적 우월성이라는 개념에 대해《파라다이스》라는 작품을 통해 살펴보았다. 그리고《하느님 이 아이를 도우소서God Help the Child》에서 피부색으로 인한 차별이 승리주의와 기만을 극대화하는 것에 대해 탐구했다. 피부색 차별의 결점과 거기에 깃든 오만, 그리고 궁극적으로 초래되는 자기 파멸에 대해서도 서술했다.

지금은(현재 쓰고 있는 소설에서는) 인종차별주의의 학습에 대해 흥미로운 탐구를 하고 있다. 어찌하여 인종을 차별하지 않는 자궁으로부터 나와 인종을 차별하는 자궁으로 움직이는가? 즉, 사랑을 받거나 혐오를 당할 수도 있지만 언제나 인종의 영향 아래 살아가야만 하는 존재여야 하는가? 인종이란 (가상의 유전적 특성일 뿐만 아니라) 무엇이며 왜 중요한가? 그 경계가 밝혀지고 정의 내려지면 (그것이 가능하다면) 어떤 행동을 요구하거나 부추기는가?

인종은 특정한 종을 의미하는 것이며, 우리는 인류라는 종에 속할 뿐이다. 그것이 전부이다. 그렇다면 다른 것들은 다 무엇인가? 적개심은 무엇이며, 사회적 인종차별은 무엇이고, 게다가 타자화란 대체 무엇인가? 타자화가 가진 매력, 그것이 주는 위안과 사회적·심리적·경제적 권력은 어떤 성격을 갖고 있는가? 소속감을—'나'라는 개별적 자아보다 훨씬 더 큰 무언가의 일부가 된다는, 그래서 더 큰 힘을 가질 수 있다는 암묵적인 의미를—느끼는 데서 오는 짜릿함일까?

나는 일단 '이방인'이라는 것에, 그러니까 소외된 자아를 정의 내리기 위해서 우선 타자에 대한 사회적·심리적 요구에 초점을 맞추려 한다(군중을 찾아다니는 사람은 언제나 외로운 사람이다).

마지막으로 졸리 A. 셰퍼의 《인종이라는 낭만 The Romance of Race》을 인용해보고자 한다. 남부 유럽과 동부 유럽에서 대규모 이주가 이루어졌을 당시 이들에게 '소속감'을 주는 수단이 무엇이었

43

는지, 즉 이민자들을 단결시켜 민족을 빚어낼 수 있었던 방법이 무엇이었는지를, 이 책의 작가인 셰퍼는 훌륭하게 설명하고 있다.

1890년에서 1920년까지의 기간 동안 이민자 약 2,300만 명이 주로 동부 유럽과 남부 유럽으로 이동하였다. 이들은 대체로 유태인이거나 가톨릭, 정교회 신자들로서, 이들은 백인 앵글로색슨 개신교인(WASP)이 대다수였던 기존 인구에 도전장을 던졌다. 20세기 초의 어휘로 말하자면 이런 '외국 핏줄의 혼합'은 미국 국가 정체성을 뒤바꾸었지만…… 백인 패권을 근본적으로 위협하지는 않았다. 오히려 유럽의 민족들은 적어도 명목상으로는 곧 대다수 '백인'의 일부가 되었다.

이 주제에 관한 학술적 연구는 심오하고 광범위하다. 미국으로 온 이들 이민자들은 '진짜' 미국인이 되려면 태어난 나라와의 연을 끊거나 그

연을 아주 경시함으로써 백인성을 포용해야 한다
는 사실을 알고 있었다. '미국성'이 무엇인가 하
는 정의는 (애석하게도) 많은 사람들에게 곧 '피부
색'과 동일한 의미가 되었다.

2.

이방인으로 살거나,
이방인이 되거나

노예를 굳이 전혀 다른 종으로 취급해야 하는 필요는
무엇 때문일까? 아마도 자기 자아가 지극히 정상임을
확인하려는 그들의 절박한 시도가 아닐까 싶다.

백인들을 위한 결속의 도구

타자를 만들어내고 유지하는 데서 오는 이득이 크기 때문에, 첫째, 어떤 이득이 있는지, 둘째, 그 이득을 거부하는 데서 오는 정치사회적 결과가 무엇인지를 알아보는 것이 중요하다.

플래너리 오코너는 이방인, 버림받은 자, 타자에 대한 이해를 심오한 통찰과 함께 솔직하게 보여준다. 평론가들은 오코너의 희극을 일컬어, 작품의 이면에 이방인을 구축하고 거기에 따른 이득을 정확하고 영리하게 분석한다고 평가했다.

이방인이 되느니, 즉 영원한 타자가 되느니 차라리 도피를 택하라는 노골적인 교훈을 주는 대표적인 작품이 있다. 단편 〈인조 검둥이The Artificial

49

Nigger〉가 그것이다. 이 단편은 흑인이 백인의 인간성을 어떻게 정의 내려야 하는지, 그것이 왜 그토록 필요한 일인지를 상세하게 설명해준다.

앞으로 보겠지만 그 과정에서 '검둥이nigger'라는 말이 계속 등장하는데, 이 단어는 굳이 필요하지 않음에도 끊임없이 사용되며, 오히려 불필요한 경우에 더 많이 사용되는 듯하다. 이야기 속에 등장하는 어린 백인 남자아이를 가르칠 때 대체로 언급되고 있다. 그 말이 끈질기고도 과도하게 사용되는 점에서, 아이의 삼촌인 헤드 씨의 자존감에 흑인들이 얼마나 중요한 요소를 차지하고 있는지 알 수 있다.

오코너는 속임수로 이야기를 시작한다. 의도적으로 오해를 불러일으키는 묘사인 것이다. 왕족을 연상하게 하는 언어를 통해 헤드 씨를 독자들에게 소개하려는 의도이다.

잠에서 깬 헤드 씨는 방이 달빛으로 가득 찬 것을

알았다. 그는 일어나 앉아 은빛으로 빛나는 나무 바닥을 물끄러미 바라보다가 이내 베갯잇으로 눈을 돌렸다. 무늬를 넣은 비단처럼 보이기도 한다. 그러다 문득 다섯 걸음 앞에 있는 면도용 거울을 보았다. 거울에 비친 절반의 달은 마치 헤드 씨의 허락을 기다리며 들어오지 못하고 멈추어 있는 듯했다. 달은 굴러 들어오며 모든 것에 위엄을 더하는 빛을 던졌다. 벽에 기대어 있는 곧은 의자는 마치 명령을 기다리듯 뻣뻣하게 긴장해 있었고 등받이에 걸린 헤드 씨의 바지는 기품이 있다고 해도 과언이 아니었다. 어떤 대단한 남자가 하인에게 툭 던진 옷 같았다…….

단어 150개 정도를 더 읽어 내려가야 독자들은 헤드 씨의 꿈과 달리 그가 시골에 사는 가난한 남자라는 사실, 그리고 그의 나이와 그의 슬픔에 대해서 알게 된다. 또한 그의 현재 삶의 목적을 알게 되는데 바로 조카 넬슨에게 타자화의 과정, 즉 이방인을 가려내는 과정을 가르치는 것이다. 두 사람은 애틀랜타로 가는 기차 속에서 겉으로만 봐도 아주 부유한 것이 틀림없는 어느 흑인이 지나가는 것을 본다. 인종차별 수업은 더욱 치밀해진다.

"저건 뭐냐?"

헤드 씨가 물었다.

"사람이요."

남자아이가 대답하면서 저를 무시하지 말라는 듯 성난 눈빛을 보낸다.

"어떤 사람?"

헤드 씨는 무덤덤한 목소리로 질문을 이어나간다.

"뚱뚱한 사람이요."

넬슨이 말했다……

"어떤 종류인지 몰라?"

헤드 씨가 단호한 어조로 물었다.

"늙은 사람이요."

아이가 말했다……

"검둥이잖아."

헤드 씨가 말하고 등을 기대어 앉는다……

"검둥이들은 까맣다고 했잖아요. 갈색이라고는 안

했잖아요……."

이방인을 가려내는 이런 과정은 예상된 반응

을, 바로 이방인에 대한 과도한 두려움을 이끌어

낸다.

이후에 시내에서 길을 잃고 흑인 동네에 들어

서게 된 두 사람은 물론 겁에 질린다.

'검은 얼굴 속 검은 눈들이 온 사방에서 두 사

람을 바라보고 있었다.'

절박한 상황에서 두 사람은 맨발로 집 앞 현관

에 서 있는 어느 흑인 여성 앞에 멈추어 선다. 여

기서 넬슨은 기이한 기분을 느낀다.

'갑자기 여자가 두 팔을 뻗어 자신을 안아 올렸

으면 좋겠다고 생각했다. 여자의 숨결이 얼굴에

닿는 느낌을 느끼고 싶었다…… 여자가 점점 더 꼭 껴안아주면 좋겠다고 생각했다. 처음 가져보는 생각이었다.'

여자는 친절하면서도 무심하게 길을 가르쳐준다. 곧 이 무해한 만남의 결과가 드러난다. 그것은 바로 헤드 씨와 넬슨 간의 불화, 유기, 배신이다. 인종적 우월감이라는 접착제가 없이 두 사람 간의 용서나 화해는 불가능해 보인다. 두 사람이 마침내 백인들만 사는 동네에 들어서자 소속감을 느낄 수 없는 데서 오는 두려움, 그들 자신이 이방인으로 여겨지는 데서 오는 두려움이 두 사람 모두를 뒤흔든다.

두 사람을 진정시키고 이 위협에서 구하는 것은 인조 검둥이, 즉 모든 계급의 백인이 공유하는 인종차별주의를 연상시키는 이미지이다. 흑인 기수를 형상화한 석고상 앞에 선 두 사람은 '마치 대단한 비밀과 마주한 듯, 누군가의 승리의 기념물과 마주하고 패배로 하나가 된 듯' 그것을 쳐다

본다. '두 사람은 그것이 마치 자비를 베풀 듯 두 사람 사이의 의견 차이를 녹이는 것을 느꼈다.'

아이의 교육은 이렇게 완성되었다. 인종차별에 대해 성공적으로 가르침을 받은 아이는 이제 존경 받을 자격과 지위를 얻었다고 믿는다. 타자를 만들어내는 과정을 통해서 자신이 권력을 얻었다고 착각하게 된 것이다.

체벌인가 사디즘인가

이방인에 대한 이 20세기적인 관념은 이방인이 자기 자신에 대한 관념을 구체적으로 쓰거나 기록한 초기 서사와 나란히 두고 보아야 한다. 먼저 '인종' 자체를 탐구해보는 것이 가치 있을 것이다. 인종을 식별하는 것이나 배제하는 것 모두 흑인에게서 시작하지도 끝나지도 않았다.

문화, 신체적 특징, 종교를 따지는 행위는 모두

신분 상승과 권력 쟁취를 위한 전략들보다도 앞서는 것으로, 대표적으로 '코카서스인'이라는 말의 역사와 용례, 쇠퇴를 떠올려보기만 해도 알 수 있다. 상세한 설명은 브루스 바움의 책《코카서스 인종의 융성과 몰락The Rise and Fall of the Caucasian Race》에 담겨 있다.

1952년 이후 '코카서스 인종'이라는 범주는 인종에 대한 일상적인 대화에서 중요한 자리를 차지해왔다. 미국에서 특히 그러했지만 인류학자와 생물학자들은 여기에, 뿐만 아니라 '인종'이라는 관념 자체에 점점 많은 의문을 제기했다.

바움은 또 다음과 같이 계속 적어간다.

특정 백인 우월주의자들의 관점을 제외하면 '아리아 인종'이란 없다는 것이 오늘날의 일반적인 생각이다. '아리아 인종'이라는 날조된 관념은 19세기

중반에 온갖 원천을 바탕으로 하여 끼워 맞춘 것으로…… 이후 나치즘의 핵심이 되었다. 반면 코카서스 인종의 관념은 인종학자들과 일반인들의 어법에서 인기를 얻었다가 잃었다가를 반복하였다.

바움의 결론 중 한 가지는 이렇다.

'다시 말해 인종은 권력의 결과물이다.'

따라서 우리가 이방인, 외부인, 타자에 대해 이야기하거나 쓸 때 그 관계성을 염두에 두고 있어야 한다.

노예에 대한 서사는 문서로 된 기록이든 구두로 전하는 서사이든 타자화 과정을 이해하는 데 필수적이다. 다수의 서사는 유년기부터 시작하며 기존의 소유주에 대한 사랑과 헌신의 감정, 다른 곳으로 팔려가면서 느끼는 깊은 슬픔을 기록하고 있다. 아이들의 순수함은—그것이 어린 노예가 됐든 주인집 아이가 됐든—노예 서사에서 빠지지 않는 요소이다.

극장, 상업 도서와 예술 도서, 포스터, 신문 할 것 없이 아이는 이상적으로 그려진다. 나중에야, 사춘기에 가까워 올 때쯤에야 다른 세상이 드러난다. 하지만 그 세상에서 말 그대로의 예속된 상태는, 즉 혐오와 학대를 받는 타자로서의 상태는 구속하는 당사자를, 이른바 특이한 제도를 즐기고 유지하며 거기서 이득을 보는 사람을 가장 적나라하게 비춘다.

노예 소유주에게 돈을 벌어다주었던 노예들의 무상 노동을 위해 인간이 어떤 대가를 치러야 했는지 구체적인 사례를 조명하고자 한다. 앞으로 나올 사례들은 매리 프린스의 회고록《서인도 제도 노예 매리 프린스의 이야기 The History of Mary Prince, A West Indian Slave》(1831)에서 가져왔다.

프린스가 소금 광산에서 일했던 기억을 더듬어 보는 내용 중에 이런 것이 있다.

소금을 채울 반쪽짜리 통과 삽을 받아 든 나는 새벽

네 시부터 아홉 시까지 무릎까지 오는 물속에 서서 일해야 했다. 아홉 시가 되면 딱딱한 옥수수를 물에 끓여 주었다…… 우리는 한낮의 열기에도 계속 일 했다…… 햇볕에 소금 물집이 생겼다. 물속에 너무 오래 서 있는 통에 발과 다리는 얼마 가지 않아 끔찍한 부스럼으로 뒤덮였고 어떤 경우에는 부스럼 이 뼛속까지 파고 들어갔다…… 잠은 긴 헛간에서 잤는데 헛간은 마치 마구간처럼 좁은 칸으로 나뉘어져 있었다.

프린스는 주인이 바뀌는 경험에 대해 마치 '이 푸줏간에서 저 푸줏간으로 옮겨가는 것 같았다' 고 말했다.

'첫 주인은 열불이 나서 입에 거품을 물고 나를 때렸고…… 다음 주인은 대개 침착한 편이었다. 옆에 서서 노예에게 사정없이 채찍질하라고 명령 을 내리고…… 태연하게 어슬렁거리거나 입담배 를 씹었다.'

여기서 묘사된 행위가 사디즘이 아니라면 무엇을 사디즘이라 말할 수 있을까.

매리 프린스의 회고록에 담긴 또 다른 기록을 살펴보자.

하루는 갑작스러운 비바람이 몰아쳤고 마님은 내게 집 뒤켠으로 돌아가서 커다란 독을 비워오라고 시켰다. 독의 한가운데에는 이미 오래 전부터 금이 가 있었고 독을 비우려고 거꾸로 들었더니 내 손에서 둘로 갈라져 버렸다…… 나는 "마님, 독이 둘로 갈라졌어요"라고 외치며 마님에게 달려갔다. 마님은 물었다. "네가 독을 깼구나?"……마님은 내 옷을 벗기고 소가죽 채찍으로 한참을 심하게 때렸다. 채찍을 들 힘이 없어질 때까지. 마님이 진이 빠진 뒤에야 채찍질은 끝이 났다.

엎어진 물이었다. 독을 당장 붙일 수는 없었을 것이다. 그렇다면 왜 그렇게 시급히 매질을 한 걸까? 본때를 보이려고? 아니면 즐기려고? 매리 프린스는 노예에 대한 대우가 어떻게 주인을 타락시키는지 알고 있었다.

해리엇 제이콥스도 알고 있었다. 프린스의 회고록이 나오고 30년이나 지나서 남북전쟁 직전 출간된 《노예 소녀의 삶에 벌어진 사건들Incidents in the Life of a Slave Girl》(1861)에서 제이콥스는 이렇게 적고 있다.

경험과 관찰을 통해 목격한 바 이렇게 증언할 수 있다. 노예제도는 흑인뿐만 아니라 백인에게도 저주이다. 백인 아버지들을 잔인하고 감정적으로 만들고 아들들을 폭력적이고 방탕하게 만든다. 딸들을 오염시키고 아내들을 비참하게 만든다.

이런 폭력 사건들은 놀라운 혐오감을 일으키기도 하지만, 내 머릿속에 떠오르는 질문은 그들이 과연 어떤 사람들이냐는 의문이었다. 이 질문에 대한 대답은 그들이 내리는 처벌의 강도보다도 더 많은 것을 드러낼 것이다. 그들은 노예를 비인 간적이고 야만적인 존재로 규정하려고 애를 쓰지 만, 의미로 보자면 비인간적인 쪽은 바로 처벌을 내리는 쪽이다.

그들이 채찍질을 하다가 지쳐 쉰다는 것을 생 각해보면 그들이 가하는 처벌은 교정을 위한 행 위라기보다 엄연히 사디즘 행위다. 벌을 가하는 사람이 도중에 휴식을 취하지 않고는 계속하지 못할 정도로 오랫동안 채찍질을 한다면, 과연 매 를 맞는 사람은 무엇을 배울 수 있겠는가? 그런 극도의 고통은 순전히 채찍을 든 사람의 쾌감을 위해 설계된 것 같아 보인다.

이방인을 대하는 장면 하나

노예를 굳이 전혀 다른 종으로 취급해야 하는 필

요는 무엇 때문일까? 아마도 자기 자아가 지극히 정상임을 확인하려는 그들의 절박한 시도가 아닐까 싶다. 인간과 비인간을 명확히 구분하려는 시도가 얼마나 강력하고 집요했으면, 비하의 대상이 아니라 비하하는 그 주체에 스포트라이트가 집중될까.

노예들이 과장을 보탰다고 가정해도 노예 소유주들의 정서는 야만적이다. 마치 "나는 괴물이 아니야! 괴물이 아니라고! 내가 나약하지 않다는 걸 증명하기 위해 힘없는 것들을 괴롭히는 것뿐이야"라고 외치는 것 같다. 이방인을 동정하는 행위는 자신 또한 이방인 취급을 당할 가능성 때문에 위험한 행동이다. 인종화된racial-ized 지위를 잃는다는 것은 그 동안 높이 평가되고 한껏 떠받들려 온 자신만의 차별성을 잃는 것이다.

나는 이 난해한 수수께끼를 내가 쓴 거의 모든 책에서 그려내고 탐구했다.《자비A Mercy》에서 나는 종교가 조장한, 다시 말해 동정적인 인종 관계에서 폭력적인 관계로의 여정을 밝혀내려고 애썼다. 한때 상냥했던 마님은 남편을 잃은 뒤 엄격하고 혹독한 교파의 일원이 되어 노예들에게 가혹하게 굴기 시작한다. 그 마님은 미망인이 되고난 뒤 잃어버렸던 자신의 특권적 지위를 교파 내에서 되찾기 위해 노예를 학대한 것이다.

가장 연극 같은 기법을 동원한 탐구는 《파라다이스》에 명백히 드러나 있다. 이 책에서 나는 인종적으로 순수한 공동체를 설계하는 데서 오는 모순적인 결과들을 살펴보았다. 다만 이 책에서 '이방인'은 모든 백인, 혹은 '혼혈인'이다.

이렇게 타인을 소외시키려는 경향이 만연해 있다는 점에 대해 명확히 설명하려면 내가 그 과정에 어떻게 참여하고 거기서 어떤 교훈을 얻었는지를 설명해야 할 것 같다. 다른 글에서도 이 이야기를 했지만 우리가 얼마나 쉽게 타인과 거리를 두고 내 자신의 이미지를 낯선 사람에게 투영하는지, 뿐만 아니라 우리가 그토록 혐오하는 이방인이 다름 아닌 우리 자신이 될 수 있는지를 여기에서 설명하고 싶다.

최근에 나는 어느 강가에 집을 사게 되었다. 어느 날인가 마당을 거닐고 있던 중 이웃집 정원 가장자리를 따라 난 제방 위에 한 여자가 앉아 있는 모습이 보였다. 여자의 손에는 집에서 만든 것처럼 보이는 낚싯대가 있었고, 낚싯줄은 여자가 있는 곳에서 6~7미터 떨어진 위치에 드리워져 있었다.

갑자기 불쑥 반가운 마음이 들었다. 나는 여자가 앉은 곳을 향해 이웃집과 우리집 사이에 있는 울타리까지 걸어갔다. 여자가 입고 있는 옷을 보니 더더욱 기쁜 마음이 들었다. 그녀는 남자 신발과 남자 모자를 썼고, 검은 원피스 위에는 길이 잘 든 무채색 스웨터를 입고 있었다. 흑인이었다.

여자는 고개를 돌리더니 편안한 미소를 지으며 나에게 "안녕하세요?" 하고 인사를 건넸다. 여자가 이름을 알려주고(마더 뭐뭐라고 했다) 우리는 잠시, 한 15분 동안 이야기를 나누었다. 생선 요리법이나 날씨, 아이들에 대해 이야기를 나눴다. 내가 옆집에 사느냐고 물었더니 아니라고 한다. 옆 마을에 살지만 이웃집 사람이 언제든 낚시를 하고 싶을 때 이곳으로 와도 좋다고 해서 매주 온다는 것이었다. 농어나 메기 철에는 며칠을 연속으로 올 때도 있는데, 뱀장어를 좋아하기 때문에 꼭 철이 아니라도 항상 뱀장어를 잡을 수 있는 이곳에 자주 온다고 했다.

재치를 가진 나이 든 여성이 왠지 다 그렇듯, 여자도 온갖 삶의 지혜를 파악하고 있다. 헤어질 때 여자는 마치 다음 날, 혹은 며칠 뒤 금세 다시 올 것이며 다시 만날 수 있을 것 같은 인상을 주었다. 나는 여자와 더 많은 대화를 나누리라고 믿었다. 나의 집에 초대해서 커피와 이야기, 웃음을 나눌 거라는 기대도 물론이다. 그 여자는 예전부터 꼭 알던 사람 같았고, 무언가 익숙한 기억을 떠올리게끔 했다. 나는 한껏 격의 없고 편안한,

그리고 달콤한 우정을 기대했다.

　그러나 다음날 여자는 그곳에 없었다. 그 다음
날에도 보이지 않았다. 나는 매일 여자를 찾았다.
여름이 지나고 난 뒤에도 여자는 여전히 오지 않
았다. 나는 결국 이웃집 사람에게 다가가 그 여자
에 대해서 물었지만 놀랍게도 이웃집 사람은 그
여자가 누군지, 내가 무슨 말을 하는지 전혀 이
해하지 못했다. 나는 어리둥절한 상태가 되고 말
았다. 나이 든 여자가 이웃집 제방에서 낚시를 한
적도 없고 그런 허락을 내준 적도 없다는 대답만
돌아왔다.

　나는 그 낚시하던 여자가 이웃집 주인으로부터
허락을 받았다는 거짓말을 하고, 평소 집을 자주
비우는 이웃 몰래 낚시를 한 것이라 생각하기로
했다. 이웃집 사람이 집에 있는 한 낚시하는 여자
는 오지 않을 것이다. 이어진 몇 달 동안 나는 많
은 사람들에게 마더 뭐뭐라는 사람을 아냐고 물
었다. 아무도 알지 못했다. 근처 동네에 70년을

산 사람들도 그런 이름을 한 번도 들어본 적이 없다고 했다.

나는 속은 기분이었고 얼떨떨했지만, 한편으론 재미있는 일이라고도 생각했다. 어떤 때엔 내가 그 날의 여자를 상상해낸 건 아닐까 싶은 의심도 들었다. 어쨌거나 좋은 이야깃거리가 생긴 것일 뿐 크게 의미를 둘 만남은 아니라고 스스로에게 말했다.

그럼에도 조금씩, 짜증이, 이어진다. 씁쓸함이 점차 처음의 어리둥절한 느낌 사이로 파고든다. 여자가 있었던 방향으로 창밖을 바라볼 때마다 여자는 없었고, 매일 아침 나는 여자의 거짓말과 나의 실망감을 떠올리게 된다.

여자는 대체 이 동네에 왜 온 것일까? 차가 있는 것도 아니었고 살고 있는 동네에 대해 거짓말을 한 게 아니라면 6킬로미터는 걸어와야 했을 것이다. 그 모자를 쓰고, 그 볼썽사나운 신발을 신고 길을 걸어왔다면 어떻게 남들의 눈에 띄지 않을 수 있었을까?

나는 나의 몹시 분한 마음을 이해하려고 애쓴다. 그리고 내가 왜 고작 15분 동안 이야기를 나누었던 그 여자를 보고 싶어 하는지 이해하려고 애쓴다.

하지만 여자가 내 공간으로 들어왔고―내 공간 바로 옆이기는 하지만 대지의 경계, 가장자리, 울타리 바로 앞은 언제나 가장 흥미로운 일들이 벌어지는 곳이다―여성 간의 우정과 의리를 약속하는 듯한, 내가 너그러울 수 있고 보살필 수 있고 보살핌 받을 수 있는 기회를 갖게끔 약속하는 듯한 말을 했다는 인색한 설명밖에는 찾을 길이 없다.

이제 여자는 가고 없으며 나의 우쭐했던 마음도 가져가버렸다. 그것은 용서할 수 없는 일이다. 우리가 이방인들을 두려워하는 이유는 바로 그것 아닌가? 어지럽힐까봐, 배신할까봐, 우리와 다르다는 사실이 드러날까봐. 그래서 이방인들을 어

떻게 대해야 하는지를 아는 일은 그토록 어려운
것이다.

타인은 소유할 수 없다

예언자들은 이방인을 사랑하라고 했지만, 장 폴
사르트르는 그 사랑이 바로 지옥의 거짓말임을
드러내 보였다. 희곡《출구는 없다No Exit》의 주요
대사인 "타인은 지옥이다"는 '타인'이 개인의 세
계를 공공의 지옥으로 만들 가능성을 제시하고
있는 말이다. 타인은 지옥이다.

　예언자의 충고와 예술가의 은밀한 경고는 우리
가 타인뿐만 아니라 사랑하는 사람을 등한시할
수도 있고 소유하려 들 수도 있다고 말한다. 종교
의 예언자들은 사랑하는 이를 등한시하지 말라
고, 그로부터 눈을 돌리지 말라고 타이른다. 사르
트르는 소유로서의 사랑을 경계하라고 말한다.

서로 무해하게 접근하기 위해, 고작해야 푸른 공기일 뿐인 우리 사이의 거리를 뛰어넘기 위해 우리에게 주어진 자원은 적지만 강력하다. 언어와 이미지, 그리고 경험이다. 경험은 앞의 두 가지, 혹은 한 가지와 관련되어 있을 수도 있고 관련이 없을 수도 있다. 언어(말하기, 듣기, 읽기)는 우리에게 거리를 좁히고 거기 몸을 맡기라고 격려한다. 심지어 명령할 수도 있다. 그 거리가 대륙 간의 거리이든, 한 베개 위에 있든, 문화적 거리이든, 나이나 젠더로 인해 그 거리가 명확해지든 흐릿해지든, 사회적으로 만들어졌든 생리적 거리이든, 이미지는 갈수록 지식 형성의 영역을 지배해가고 있다.

이미지는 지식이 되기도 하고, 때로는 악영향을 끼치는 지식이 되기도 한다. 언어를 유발하든 언어를 가리든, 이미지는 우리가 무엇을 알고 느낄지 결정할 수도 있다. 그리고 우리의 느낌 중에 어떤 것이 알 만한 가치가 있는지에 대한 우리의 생각까지 결정할 수 있다.

언어와 이미지라는 작은 신들은 경험의 양분이 되어 경험을 형성한다. 내가 기이하게 차려입고 낚시를 하던 여자를 즉각 포용했던 이유는, 내 눈에 비친 여자의 모습을 기반으로 하는 특정한 이미지 때문이었다. 나는 즉각 여자를 감상적으로 다루고 나만의 이미지로만 사용했다. 여자가 나만의 샤먼이라는 환상에 빠진 것이다. 여자를 소유했다. 아니 소유하기를 원했다(여자도 그걸 눈치챘을 것이라고 본다).

나는 뿌리박힌 이미지와 세련된 언어가 가진 유혹하고 드러내고 통제하려는 힘을 잠시 잊고 있었다. 또한 그 힘이 인간의 과제, 즉 인간성을 유지하고 타인의 비인간화와 소외를 막는 일에 도움이 될 수도 있다는 사실도 잊어버렸다.

하지만 이것은 우리에게 주어진 자원을 지나치게 단순히 나열한 것이 분명하다. 여기에는 우리가 미처 예상하지 못한 요소까지 끼어들기 때문이다. 이미지와 언어가 친근함을 더해주고 지식도 넓혀주리라는 애초의 기대와는 달리, 미디어에서 반복하여 보여주는 이미지와 언어는 인간이 어떻게 생겼는지(어떻게 생겨야 하는지), 그리고 실상 어떤 존재인지에 대한 시각을 좁혀버린다. 미디어의 왜곡에 넘어가면 시야가 흐릿해질 수 있다. 저항해도 마찬가지이다. 나는 낚시하던 여자와의 만남에서 그런 영향에 명백하고도 적극적으로 저항하려 했다.

예술과 상상력뿐만 아니라 심지어 시장도 공식에서 형식을 분리하고, 인공에서 자연을 분리하고, 상품에서 인간성을 분리하는 일에 가담하고 있다. 무언가를 보여주기 위해 시도하는 예술은, 어떤 고상한 영역에서는 경멸의 대상으로도 쳐주지 않는다. '인간으로 살아간다는 것'의 의미도 변해버렸다. '진실'이라는 말도 그것의 부재가(모호성이) 존재보다 강렬해서 따옴표에 가두어야 할 정도다.

타인을 소외시키는 것은 이처럼 쉬운 일인데도 왜 이방인을 이해하고자 애써야 할까? 문을 닫을 수 있는데 왜 거리를 좁혀야 할까? 연방('Common Wealth'에는 부를 공유한다는 의미도 내포하고 있다-옮긴이) 안에서 상호 간의 예의를 갖추어야 한다는 예술과 종교의 호소는 아득하기만 하다.

내가 그 낚시하던 여자에 대해 느꼈던 불합리한 권리를 이해하는 데는 상당한 시간이 걸렸다. 나는 내가 나 자신의 또 다른 면을 찾고, 그리워하고 있으며 이방인 또한 없음을 알게 되었다. 다만 우리 자신의 여러 다른 모습이 있을 뿐이다. 그 중 많은 모습은 우리가 아직 포용하지 못한 모습이며, 동시에 우리가 피하고 싶어하는 모습이기도 하다.

이방인은 바깥의 존재도 아니고 임의로 존재하는 사람도 아니다. 이질적인 존재가 아니라 기억된 존재이다. 굳이 인지하지 않더라도, 그런 존재가 내 자아와 우연히 만났을 때 바로 경계심이 물

결치듯 퍼져나가는 것이다. 그리고 그 우연한 만남이 불러일으키는 모습과 감정, 특히 그 감정이 아주 심오할 때 비로소 거부하게 된다. 그러다 보니 타자를 소유하고 지배하고 통제하고 싶은 마음을 갖게 된다. 타자의 마음을 빼앗아 내 자신의 거울 속으로 도로 데리고 들어오고 싶어 한다. 어떤 경우에든—경계심을 갖든, 헛된 존경심을 느끼든—인간은 타자에게 개성을 허락하지 않는다. 내 자신은 꼭 지녀야 한다고 고집하는 그 개인적 특성을 남에게는 허락지 않는 것이다.

3.   피부색 페티시

나는 기필코 값싼 인종주의를 무력하게 만들 것이며,
피부색에 대한 쉽고 간단하며 일상적인 집착을,
노예제도 그 자체를 상기시키는 이 집착을 절멸시킬 것이다.

피 한 방울의 법칙

문학에서 인물을 드러내거나 서사를 추진하기 위해 피부색을 이용하는 다양한 방식은 언제나 매우 흥미롭다. 소설 속 주인공이 백인이라면 더욱 그러하다.

실제로 대부분의 경우가 그러하긴 하다. 신비로운 '흑인'의 피가 한 방울 섞인 데서 오는 공포든, 아니면 백인의 태생적인 우월성의 징표, 광적이고 과도한 성적 매력의 상징과도 같은 피부색이든, 색깔을 보는 관점과 색깔의 의미는 소설 속에서 종종 결정적인 역할을 해왔다.

'한 방울 법칙'(조상 중에 흑인이 한 사람이라도 있으면, 즉 '흑인 피'가 한 방울이라도 섞여 있으면 법적

으로도 흑인으로 간주했던 20세기 미국의 법―옮긴이)
이 불러일으키는 반감을 윌리엄 포크너보다 더
잘 설명해줄 사람은 없다. 《음향과 분노The Sound
and the Fury》 혹은 《압살롬 압살롬Absalom Absalom》에
서 출몰하는 것이 무엇이겠는가? 근친 간의 결혼
과 '인종 간의 결혼(miscegenation)' ―이 단어는 구
식이지만 인종 간의 결합을 가리키는 유용한 표
현이다―중에서 후자가 명백히 더 혐오스러운
것으로 여겨지지 않던가.

　미국 문학의 줄거리를 보면 대부분 가족의 위
기를 그리고자 할 때 인종 간의 성적 상호교류보
다 더 역겨운 것은 없는 것으로 전개된다. 상호적
이라는 바로 그 사실에서 이런 만남은 충격적이
고 불법적이며 혐오스럽다고 여겨진다. 노예를
강간하는 장면과는 달리, 개인의 선택에 의한 인
종 간의 사랑은, 맙소사, 대대적인 비난을 받게
되는 것이다. 이 때문에 포크너의 작품 속에서는
살인으로 이어진다.

《압살롬 압살롬》의 4장에서 콤슨 씨는 헨리 섯펜이 무엇 때문에 이복 형 찰스 본을 죽였는지 퀜틴에게 설명한다.

그럼에도 4년 뒤에 헨리는 두 사람이 결혼을 하지 못하게 본을 죽여야 했어……
다녀본 곳이 많은 헨리의 아버지는 그렇다고 쳐도 세상 물정 모르는 헨리에게도, 흑인 피가 8분의 1 섞인 흑인 정부와 16분의 1 섞인 흑인 아들이 존재한다는 사실, 아무리 귀천상혼이라고 해도…… 그럴 만했지.

소설이 더 진행된 이후 퀜틴은 헨리와 찰스 간에 아마도 이런 대화가 오갔을 것이라 상상한다.

"근친상간이 아니라 흑인이랑 결혼하는 게 더 못 참겠다는 거니……."
헨리는 대답하지 않는다.

"아버지는 아무 말도 안 하셨어? ……헨리, 아버지는 이렇게까지 할 필요 없었어. 날 말리기 위해 내가 흑인이라고 말할 필요까지는 없었어……."

"형이잖아."

"아니야. 난 네 여동생이랑 잠자리를 갖게 될 흑인이야. 네가 날 막지 못하면 그렇게 할 거야."

마찬가지로 흥미로운, 아니 더 흥미로울지 모르는 것이 바로 어니스트 헤밍웨이가 피부색에 따른 차별이라는 간편한 장치를 사용한 방식이다. 혐오스러운 흑인, 슬프지만 동정심 많은 흑인에서부터, 흑인성이 부채질하는 극단적인 에로티시즘까지…… 이 범주의 어떤 것도 작가가 사는 세상이나 작가의 상상력 바깥에 존재하진 않지만, 그 세상이 어떻게 그려지는가 하는 것은 나에게 큰 관심거리이다. 피부색에 따른 차별은 아주 손쉽게 이용할 수 있는 도구이다. 궁극의 서사적 지름길인 것이다.

헤밍웨이가 《가진 자와 못 가진 자(상인의 귀환) To Have and Have Not(The Tradesman's Return)》에서 피부색에 따른 차별을 이용하는 방법을 보자. 소설의 주인공은 럼 밀수업자인 해리 모건이다. 배에 탑승한 그는 배에 있는 유일한 흑인 인물에게 직접 말을 걸 때 '웨슬리'라고 이름을 사용한다. 하지만 화자가 독자에게 말을 할 때는 '검둥이nigger'라고 말한다(쓴다).

다음의 대목에서 모건의 배에 타고 있는 두 남자는 쿠바의 관리들과 충돌을 벌인 끝에 총을 맞은 상황이다.

……그가 검둥이에게 말했다.

"여기가 대체 어디야?"

검둥이는 몸을 일으켜 살펴보았다……

"내가 편하게 해줄게, 웨슬리."

그러자 검둥이가 말했다.

"움직이지도 못하겠어."

그가 흑인에게 물 한 잔을 주었다……

검둥이는 자루를 향해 손을 뻗으려다 말고 신음 소리를 내며 제자리에 누웠다.

"그렇게 아파, 웨슬리?"

"오, 주여."

검둥이가 말했다.

왜 검둥이라는 말을 쓰지 않고 두 사람의 모험을 추동하거나 설명하거나 묘사할 수 없는지 그 이유는 명백하지 않다. 화자가 흑인에게 동정심을 갖고 있었다는 사실을 알려주려는 작가의 의도였을 수도 있다. 그 동정심을 이용해 독자들이 이 백인 밀수업자에게 호감을 갖게 하고 싶었을지도 모른다.

이 소설에서 흑인은 끊임없이 불만을 늘어놓으며 백인 두목에게, 그것도 더 심하게 다친 백인에게 도움을 요구하는 나약한 흑인으로 묘사된다. 나아가 헤밍웨이는 이런 판에 박힌 인종적 관념을 에로틱하고 매혹적인 느낌으로 교묘히 바꿔버리기도 한다.

《에덴동산The Garden of Eden》의 남자 주인공은 처음에는 '젊은 남자'로, 나중에는 데이빗으로 불린다. 코트다쥐르에서 긴 신혼여행을 즐기는 중인 데이빗의 곁에는 역시나 처음에는 '젊은 여자'로, 나중에는 캐더린으로 불리는 새 신부가 있다. 두 사람은 휴식을 즐기고 수영을 하고 음식을 먹으며 사랑을 나누고 또 나눈다. 두 사람의 대화는 대부분 별 의미 없는 수다이거나 고백이지만, 결국 이 대화를 관통하는 주제는 바로 '검은 육체는 매우 아름답다'라는 것이다.

"……당신은 내 사랑스러운 남편이고 내 형제니까…… 아프리카에 가면 난 당신의 아프리카 여자도 될게."

(……)

"아프리카에 가기는 너무 일러. 폭우가 한 번 내리

면 풀이 많이 자라고 아주 추워."

(······)

"그럼 어디로 갈까?"

"스페인으로 갈 수도 있지만······ 바스크 해안에 가기도 너무 이르지. 아직 춥고 비가 많이 오니까. 지금 거긴 어디 가도 비가 올 걸."

"여기처럼 수영할 수 있는 따뜻한 지방이 있잖아?"

"스페인에서 당신은 여기에서처럼 수영할 수 없어. 체포될 걸."

"따분하군. 그럼 거긴 나중에 가고 일단 태우기나 하자."

"왜 그렇게 태우고 싶어 해?"

"······내가 까맣게 태울수록 더 짜릿하지 않아?"

"어. 너무 좋아."

근친상간과 검은 피부, 에로티시즘을 한데 섞어 끓인 듯한 이 소설은 헤밍웨이가 《가진 자와 못 가진 자》에서 '쿠바인'과 '검둥이'를 구분한 것과는 매우 차이가 있다. 둘 다 쿠바 사람(쿠바에서 태어난 사람)을 지칭하는 표현이지만 두 번째 표현에서는 국적과 고향이 빠져 있다.

색깔 지우기를 멈추지 않을 것

문학 속에서 피부색에 따른 차별이 그려질 수 있었던 타당한 이유가 있다. 그것은 법 때문이었다. 이른바 피부색 관련법을 대충 훑어보기만 해도 피부색은 어떤 행위가 적법한지, 혹은 그렇지 않은지를 나타내는 지표로서 강조되어 있다. 노예제도를 유지하고 흑인들을 통제하기 위해 버지니아 주에서 만들어진 법은(준 퍼셀 길드가 편찬한 《버지니아 흑인 법Black Laws of Virginia》) 머릿말에서 언급하듯 '18세기와 19세기에 노예였든, 자유의 몸이었든 모든 흑인들의 삶에 배어 있었던' 법들을 잘 보여주고 있으며 '그로써 대다수인 백인들

의 삶의 바탕이 어떠했을지 암시한다.'

가령 1705년 어느 법령의 내용은 이렇다.

'교회에 저항하는 로마 가톨릭 교도, 흑인, 혼혈인, 인디언 하인, 기타 비기독교인은 어떤 사건에서도 증인으로 효력을 인정하지 않는다.'

1847년도의 어느 형법은 '노예나 자유로운 흑인에게 글을 가르칠 목적으로 어울리는 백인은…… 6개월 이하의 구금형과 100달러 이하의 벌금형에 처한다'라고 되어 있다. 이로부터 한참 뒤 짐 크로우 시대에 이르러서 '1944년도 버밍햄 시 조례'는 흑인과 백인이 함께 그 어떤 공공장소에서 '카드놀이나 주사위놀이, 도미노, 체커스 등의 놀이'를 해서는 안 된다고 규정했다.

이런 법은 시대착오적이고 어떤 면에서 보면 우스꽝스럽기 그지없다. 이제 더 이상 집행하지도 않고 집행할 수도 없는 법들이다. 하지만 이런 법이 깔아놓은 융단 위에서 많은 작가들이 인상적인 춤을 추었다.

미국인이 되는 과정의 문화적 역학에 대해서는 잘 알려져 있다. 이탈리아나 러시아 사람이 미국으로 이민을 오면 고향의 언어와 풍습을 대체로 혹은 일부라도 간직할 수 있다. 하지만 미국인이 되려면, 혹은 미국인으로 인정받고 제대로 소속되기 위해선 고향에서는 상상할 수 없었던 무언가가 되어야만 한다. 즉 백인이 되어야 한다는 얘기다.

이것이 편할 수도 있고 불편할 수도 있지만 어쨌거나 항구적인 정체성을 갖게 되는 방법이다. 여기에는 여러 장점과 특정한 자유도 따라온다.

반면 아프리카 사람들과 그 후손들은 한 번도 그런 선택권을 가져보지 못했는데, 이 상황을 보여주고 있는 많은 문학 작품들이 있다. 나는 작품을 쓸 때 흑인들을 피부색이 아닌 문화를 바탕으로 구분해서 그려내는 방법에 더욱 관심을 갖게 됐다. 피부색만을 기피할 대상으로 두었을 때, 그것이 우연적인 요소일 때, 혹은 피부색을 알 수 없거나 그것을 의도적으로 숨겼을 때 더욱 흥미를 느꼈다.

피부색을 숨기는 방식으로 그려냈더니 피부에 대한 맹목적인 집착을 무시할 흥미로운 기회가 생겼다. 덕분에 나는 아주 조심스러운 글쓰기를 통해 일종의 해방감을 얻을 수 있었다. 일부 소설에서 나는 인종적 신호에 안주하는 것을 거부했을 뿐만 아니라, 나의 전략을 독자에게 알림으로써 나의 목적을 더욱 극적으로 표현했다.

《파라다이스》의 경우, 도입부에서부터 이 전략을 펼쳤다.

'그들은 먼저 백인 소녀부터 쏜다. 나머지는 느긋하게 해결하면 된다.'

나는 여기서 인종을 식별할 수 있는 정보를 터뜨린다. 이어서 공격이 벌어진 수녀원 안에서 살고 있는 여성 공동체에 대한 설명이 뒤따르지만, 인종에 대한 정보는 주고 있지 않다. 독자들은 백인 소녀가 누구인지 궁금해 할까? 아니면 더 이상 관심을 갖지 않을까? 소설의 본질에 집중하기 위해 찾는 것을 포기할까?

일부 독자는 자신의 짐작을 내게 알려주기도 했지만 맞춘 사람은 단 한 명뿐이었다. 그 독자는 인물의 행동을 주시했던 것으로 보인다. 소설 속 백인 소녀의 출신 지역이 어디고 과거가 어떻든 간에, 소녀가 내세운 전제나 소녀의 행동은 흑인의 전제나 행동이 아니었다고 독자는 설명했다.

인종이 밝혀지지 않은 이 여성 공동체의 바로 이웃에는 정반대의 우선순위를 가진 공동체가 있다. 그 공동체는 인종적 순수성을 제일 중요시하는 단체다. 소설에서 표현되듯 '에잇 락eight rock'이 아니면, 즉 탄광의 가장 깊은 곳처럼 검지 않으면 이 마을에서 살 수 없었던 것이다.

《가장 파란 눈》과 같은 작품을 보면 주제가 피부색에 대한 집착의 결과다. 즉 집착이 보여주는 매우 파괴적인 힘을 그렸다.

《홈Home》에서도 피부색이 지워진 작품을 쓰려

고 노력했다. 하지만 독자들이 작가가 제시한 신호에 주의를 기울인다면, 즉 흑인들에게 일상적으로 가해지는 제약에 집중한다면 피부색은 쉽게 추측할 수 있다. 버스에서 어느 자리에 앉느냐, 소변은 어디서 보느냐 등등.

하지만 나는 독자들이 피부색을 깡그리 무시하게 만드는 데 성공했다. 그러자 출판사 편집자가 불안해했다. 그래서 마지못해 주인공 프랭크 머니의 피부색을 확인시켜 줄 만한 상징들을 행간에 넣게 되었다. 본래의 목적에 반하는 잘못된 선택이었다.

《하느님 이 아이를 도우소서》에서의 경우, 피부색은 저주인 동시에 축복이며, 망치인 동시에 금반지였다. 하지만 망치도 반지도 소설 속 인물을 동정심 가진 사람으로 만들지는 못한다. 오직 이타적으로 남을 돌보는 일만이 진정한 성숙에 이르게 한다.

소설 속에서 피부색을 드러낼 기회는 의식적으

로든 아니든 아주 많다. 하지만 흑인에 대해서 피부색에 관한 고정관념이 없는 작품을 쓰는 일은 해방감을 주는 동시에 몹시 어려운 일이다. 어니스트 헤밍웨이가 단지 웨슬리의 이름만을 썼다면 긴장감이나 흥미가 많이 떨어졌을까? 포크너가 책의 중심 주제를 과장된 '한 방울'의 저주가 아닌, 근친상간으로 제한했다면 매력과 충격이 덜했을까?

시간적 배경이 세일럼의 마녀 재판보다 두 해 앞서는《자비A mercy》를 처음 읽는 독자들은 흑인들만이 노예살이를 했다고 생각할 수 있다. 하지만 내 소설의 인물들처럼 아메리카 원주민도, 백인 동성애자 연인들도 노예로 살았다.《자비》의 백인 여주인 또한 노예는 아니었지만 정략결혼을 통해 매매된 사람이었다.

내가 처음으로 피부색을 지우는 기술을 시도한 것은 〈레시타티프Recitatif〉라는 단편소설에서였다. 이 소설은 두 여배우, 흑인 한 명, 백인 한 명을 염두에 둔 각본을 의뢰 받으면서 시작됐다. 하지만 각본을 쓸 때 어느 여배우가 어느 역을 하게 될지 몰랐으므로 피부색을 완전히 없애고 사회적 계급을 표지로 썼다.

배우들은 내 각본을 전혀 좋아하지 않았다. 이후 나는 이 각본을 단편으로 바꾸었고 단편소설에서는 계획과 정반대로 써나갔다(인물은 피부색에 따라 구분되어 있지만 인종을 말해주는 기호는 의도적으로 제거했다). 대부분의 독자들은 줄거리와 인물의 성장을 이해하려 애쓰기보다 작가가 드러내기 거부한 것을 고집스럽게 찾는 경향이 있다.

다른 흑인 작가들이 나의 노력을 높이 사지 않을 수도 있고 흥미롭게 여기지 않을 수도 있다. 뚜렷한 흑인 인물들을 그려내기 위해 강력한 서사를 쓰려고 수십 년을 분투해온 작가들이라면, 그들은 내가 피부색을 대충 덮어두려는 문학적인 시도를 하고 있다고 여길 수도 있다.

그렇지 않다. 게다가 나와 함께 하자고 부탁하

는 것도 아니다. 하지만 나는 기필코 값싼 인종주의를 무력하게 만들 것이며, 피부색에 대한 쉽고 간단하며 일상적인 집착을, 노예제도 그 자체를 상기시키는 이 집착을 절멸시킬 것이다. 그 신빙성조차 떨어뜨릴 것이다.

4.

어디에서나
'바깥'은 존재한다

나는 인종을 무력화하는 동시에 극화하기 위해
시종일관 애썼다. 그렇게 해서라도 인종이라는 구성물이 얼마나
유동적이고 철저히 무의미한 개념인지 알리고 싶었다.

강제로 정의 내려진 흑인성

'흑인'의 정의와 흑인성의 의미에 대한 설명은 몹시 다양하다. 게다가 의심스러운 과학과 꾸며낸 논리로 가득해서 이 말들이 어떻게 구성되었으며 어떤 문학적 용도를 갖고 있는지, 또한 어떤 폭력적이거나 건설적인 활동을 부추기는지 검토해보아야 한다. 그러다 보면 분명히 수많은 흥미로운 사실들이 밝혀질 것이다.

　오클라호마 주에 있는 많은 흑인 마을들의 역사를 다소 깊이 살펴본 바 있다. 그중 코만치 족으로부터 착복한 땅은 오클라호마 영토이자 인디언 영토로 알려지며 이주 농민들에게 '무상'으로 공여되었다. 새롭게 주어진 이 땅에서 소유권을 주장한 사람들 중에는 한때 노예였던 사람들도 있었고, 해방 노예라는 지위를 얻은 사람들도 존재했다.

그들은 50여 곳이 넘는 마을들을 세웠다. 그 50여 개 마을 중에 열세 곳이 아직도 남아 있다. 랭스턴(랭스턴대학이 여기 세워졌다), 볼리(크릭-세미놀대학과 메소디스트 에피스코팔대학을 지원하고 있다), 툴라하시, 레드버드, 버논, 테이텀스, 브룩스빌, 그레이슨, 리마, 서밋, 렌스티스빌, 태프트, 그리고 클리어뷰이다.

모든 거주자들의 피부색이 검은 것은 아니다. 소수지만 아메리카 원주민과 유럽인들도 있었다. 하지만 이들은 스스로를 흑인으로 정의 내리고 정부의 도움을 받았다. 이 마을의 설립자들이 '흑인'이라고 했을 때 그 의미는 언제나 명확하지는 않았다. 남북전쟁 이후 과거 노예들이 북부와 중서부로 이주했을 때 수많은 광고와 선전물들은 이렇게 경고했다.

'준비되어 있지 않다면 오지 않는 편이 낫습니다.'

이는 현명한 조언인 듯했다. 나만의 장비, 말, 옷, 돈, 그리고 능력을 갖추고 와야 짐이 되지 않고 자수성가 할 수 있다는 말이었다. 하지만 엄연히 배타적인 말이기도 하다. 능력이라고는 가사일뿐인 나이 많은 과부라면? 남편은 없고 어린 아이들만 있는 엄마라면? 몸이 성치 않은 노년 남성이라면? 그런 사람들은 마을의 건전한 성장을 위해 배척당할 수밖에 없었다.

또한 내가 볼 때는 인종이 섞인 혼혈의 개척자들을 더욱 선호하는 듯 보였다. 피부가 어두운 남자 한둘이 보초를 서는 사진을 보고 내린 결론이다. 번성하던 흑인 마을을 보면 대체로 피부색이 밝은 사람들, 즉 백인 피가 섞인 사람들이 모여 살고 있었다.

내가 이런 피부색에 따른 구별을 지적하는 것은 두 가지 이유에서다. 먼저, 피부색의 의미와 그것의 특징이 적어도 한 세기 동안 학문적, 정치적 토론의 대상이었다는 점 때문이다. 그리고 이 의미가 이른바 흑인과 백인 인구집단에 끼친 영향 때문이다(여기서 언급해야 할 점은 아프리카 인들이, 남아프리카 사람들을 제외하고, 스스로를 '흑인'이라고 부르지 않는다는 사실이다. 가나 사람, 나이지리아 사람, 케냐 사람이라고 부르지 않던가).

그간 흑인이 어떤 인종이며 어떤 특징을 가지는가 하는 의문에(의문이라고 가정하고) 대답하려는 의학적, 과학적 연구에 엄청난 노력이 기울여져 왔다. 이 연구자들이 19세기에 다양한 '질병'을 설명하기 위해 만들어낸 언어는 놀라울 지경이다. '흑인 감각 부전dysaethesia aethiopica'(자유 신분이든 노예 신분이든 모든 흑인들의 행실 불량), '드라페토마니아drapetomania'(예속 상태를 탈주하려는 노예들의 경향) 등의 용어들이 그 예이다. 이 용어들은 분명히 인종차별과 그 확산에 기여했고 우리는 지금도 그것을 당연하게 여긴다.

혹인성을 두고 순위를 매기는 행위, 혹은 혹인
성에 대한 여러 가설이 없었다면 우리 사회는 지
금 어떤 모습이 되었을까? 무엇을 할 수 있을 것
이며, 어떤 상황으로 변화할 수 있을까? 사회, 정
치, 의학적으로 정의 내려진 혹인성이 그대로 받
아들여졌을 때, 그 정의는 혹인들에게 어떤 영향
을 미쳤는가?

혹인 마을이 백인들로부터 가능한 멀리 떨어진
곳에 만들어져 안전과 번영의 안식처로서 확산되
었음은 꽤 주목할 일이다. 그렇다면 살인 위협과
온갖 악의에 에워싸인 채 세상에서 살아야 했던
혹인 거주자들의 삶은 어떠했을까? 그들이 주변
세상에 대해 이미 깨닫고 있었던 사실들을 고려
할 때 사실상 그들은 얼마나 안전했을까?

1865년과 1920년 사이 오클라호마 주에 세워
진 혹인 마을 50여 곳 가운데 남아 있는 곳은 단
열세 곳뿐이라고 전술한 바 있다. 그렇다면 나머
지 서른일곱 지역의 거주자들은 그들이 애초에

도망쳐 살아야 했던 이유를 직접 목격했을 것이고 소중한 흑인 생명의 가치에 대해 새로이 고민해야 했을 것이다. 더욱이 1946년경이었다면 그랬을 가능성이 더욱 크다.

20세기에 들어와서도 미국은 우생학에서 벗어나지 못했고 린치 사건도 의미 있는 수준으로 줄어들지 않았다. 흑인들의 시신을 둘러싸고 즐거워하는 백인 구경꾼들을 찍은 사진들이 여러 인쇄물에 등장하였고, 린치 사건들을 담은 엽서는 인기 품목으로 취급되었다. 흑인들이 느꼈던 공포는 환상이나 병적인 증상이 아니었던 것이다.

실체 없는 혐의의 기록

1946년 아이작 우다드는 아직 군복을 벗지 않은, 막 전역한 군인이었다. 어느 날 그는 사우스캐롤라이나 주의 한 시외버스 정거장에 내렸다. 가족

들이 있는 노스캐롤라이나로 돌아가는 길이었
다. 군대에서 4년을 복무한 뒤였다. 태평양 전쟁
당시 중사로 승진했고 2차 세계대전 당시 아시아
태평양 지역에서 복무할 동안 종군 기장, 제2차
세계대전 전승 기장, 근속 기장을 받기도 했다.

버스가 휴게소에 멈추었을 때 우다드 중사는
기사에게 화장실을 쓸 시간이 있겠느냐고 물었
다. 두 사람은 잠시 말다툼을 했지만 겨우 화장실
에 다녀올 시간을 허락받았다. 문제는 이때부터
다. 이후 버스가 사우스캐롤라이나 주 베이츠버
그에 멈추었을 때 운전기사는 갑자기 경찰을 불
러 화장실에 갔다는 이유로 우다드 중사를 버스
에서 끌어내리게 했다.

경찰서장인 린우드 셜은 근처 뒷골목으로 우다
드 중사를 데려가 다른 경찰 몇 명과 함께 곤봉으
로 폭행했다. 그런 다음 치안 문란 행위로 체포하
고 유치장으로 끌고 갔다. 우다드 중사가 유치장
에서 밤을 보내는 동안 서장은 경찰봉으로 또다

시 중사를 때리고 두 눈을 찔렀다.

다음날 아침 우다드 중사는 지역 판사에게 끌려가 유죄 판결을 받았고 50달러의 벌금형에도 처해졌다. 중사는 의료적인 조치를 요구했지만 이틀 후에나 받을 수 있다는 답변만 돌아왔다. 중사는 폭행이 있은 뒤 지금까지 자신이 어디에 있었는지를 알지 못하는 가벼운 기억상실 증상을 보였다.

결국 사우스캐롤라이나 주 에이큰에 있는 큰 병원으로 갈 수 있었고, 우다드 중사의 가족들도 실종 신고를 한 뒤 3주 뒤에야 중사의 소식을 듣게 되었다. 급히 스파르탄버그에 있는 군 병원으로 보내졌지만 이미 두 눈은 치료할 수 없는 상태로 망가져 있었다. 살아남았지만 앞을 볼 수 없었던 그는 1992년에 향년 73세의 일기로 세상을 떠났다. 경찰서장 린우드 셜은 30분의 심의 끝에 모든 혐의에 대해 무죄 판결을 받았고, 전원이 백인으로 구성된 배심원단은 열렬하게 환호했다.

알려지지 않은 수많은 유사한 사건들이 있었지만 우다드 중사의 사건은 특별히 해리 트루먼 대통령의 관심을 끌게 되었다. 뿐만 아니라 NAACP(전미유색인지위향상협회, National Association for the Advancement of Colored People)를 비롯한 여러 단체에 의해 널리 퍼져나가게 되었는데, 아마도 피해자의 군복이 그가 전장에 배치되었고 거기서 공로를 세웠음을 말해주고 있었기 때문일 것이다.

흑인 마을 사람들이 이 한 가지 사건으로만 그토록 두려워했던 걸까? 아이작 우다드 한 사람만의 문제가 아니었다.

– 에드 존슨(1906년) : 테네시 주 차타누가의 월넛 스트리트 다리에서 린치 피해를 입었다. 가해자 일당은 구치소로 침입, 사형 집행유예 판결을 받은 존슨을 끌고 가 죽였다.

– 로라 넬슨과 L.D. 넬슨(1911년) : 살인 혐의로

구금되어 있던 두 모자는 감방에서 납치되어 오클라호마 주 오케마 근처 철교에서 목 매달린 채 발견되었다.

- 엘리아스 클레이튼, 엘머 잭슨, 아이작 맥기(1920년) : 서커스 노동자인 이들 세 명은 어떤 증거도 없이 강간 혐의를 쓰고 미네소타 주 덜루스에서 린치를 당해 살해되었다. 이때 이들을 폭행한 살인자들은 어떤 벌도 받지 않았다.

- 레이먼드 건(1931년) : 그가 강간과 살인 혐의를 받자 미주리 주 매리빌 사람들은 떼를 지어 그에게 휘발유를 붓고 불태워 죽였다.

- 코디 치크(1933년) : 강간 혐의를 벗고 감옥에서 풀려나자마자 테네시 주 모리 사람들이 떼를 지어 몰려와 린치를 가하고 시신을 훼손했다.

- 부커 스파이슬리(1944년) : 노스캐롤라이나 주 더럼에서 버스의 뒤쪽에 앉기를 거부하다가 버스 기사의 총에 맞아 사망했다.

- 마세오 스나입스(1946년) : 조지아 주에 열린

민주당 경선에 투표했다는 이유로 테일러 카운티 집에서 끌려 나와 총에 맞아 죽었다. 근처 흑인 교회에 나붙은 한 게시물에는 이렇게 적혀 있었다. '최초로 투표하는 검둥이는 절대로 다시 투표하지 못할 것이다.'

- 라마 스미스(1955년) : 흑인 인권운동가인 그는 미시시피 주 브룩헤이븐에 있는 링컨 카운티 재판소 앞마당에서 총에 맞아 사망했다.

- 에멧 틸(1955년) : 미시시피 주의 머니라는 곳에서 폭행을 당하고 총에 맞아 죽은 14세 소년이다. 백인 여성에게 집적거렸다는 이유였으나 여성은 이후 자신이 거짓말을 했다고 고백했다.

이것은 일부 사례일 뿐이다. 하나 같이 처참한 사례들이 이것 외에도 수없이 많다. 20세기 흑인들은 더 이상 노예가 아닌 상황이었음에도 이런 실제적인 위험을 마주하며 살아야 했다.

그래서 그들은 '자유의' 땅으로 도망쳤고 피부

색을 바탕으로 한 저들 나름의 위계질서를 세웠다. 가장 검은 피부, 다시 말해 '시퍼렇게 검은' 피부를 지녀야만 확실하게 받아들일 수 있는 사람이라는 표시를 정한 것이다. 적어도 이것이 나의 소설《파라다이스》를 끌고가는 전제이다. 가상이지만 흑인들만이 사는 오클라호마 주의 루비라는 마을에는 '여행자를 위한 시설'도 없고, '음식점도, 경찰, 주유소도 없고 공중전화, 영화관, 병원도' 없었다.

흑인들 간에도 발생하는 피부색 차별, 같은 피부색을 가진 사람들로부터 외면 받을 수 있다는 우려, 뿐만 아니라 아이작 우다드와 같은 방식으로 아무 이유 없이 학대를 당할지 모른다는 준엄한 가능성이 여러 흑인 마을의 설립자들에게 동기를 부여해준 현실이었다.

《파라다이스》에서 나는 정반대의 디스토피아를 상상했다. '백인' 순수성이라는 우생학에 저항해서, 그리고 빈털터리로 도망친 수많은 가난한 흑인들을 도외시한 '준비된 자만 오라'는 법칙에 저항하고자 했다. 흑인에 대한 정의를 심화하고 흑인 순수성을 탐구하고자 했다.

위험하지 않은 곳은 없다

그들만의 순수성을 바탕으로 흑인 마을들이 하나둘씩 생겨났다. 그렇게 된 이유와 점차 번영할 수 있었던 이유는 무엇일까? 소설 《파라다이스》에서 나는 흑인성을 재구성하고 싶었다. 순수성의 요건을 더듬어본 뒤, 특히 흑인 순수성이 떨어지는 사람, 혹은 불순한 사람에 의해 순수성이 위협받을 때 마을 사람들의 반응을 살펴보고 싶었다.

《파라다이스》에서 나는 흑인성이라는 불명확한 관념, 그리고 이것을 불명확하게 만드는 관념까지 만지작거렸다. 이는 피부색과 순수성, 폭력성을 알리는 도입부에서부터 시작되었다.

'그들은 먼저 백인 소녀부터 쏜다. 나머지는 느긋하게 해결하면 된다.'

'백인 소녀'가 누군지 끝까지 알려주지 않는 것처럼 첫 번째 기습 공격에 참여한 살인자들에게도 이름은 없다. 살인을 저지르는 자들은 아들이나 조카, 형제, 삼촌, 친구, 처남이지만 고유 이름은 없다.

이런 의도적인 익명성이 있은 뒤 이어지는 장에는 각각 여성의 이름이 붙어 있다. 메이비스, 그레이스, 세네카, 디바인, 패트리샤, 콘솔레이타, 론, 세이브마리. 하지만 이들 여성이 어떤 '인종'인지는 밝히지 않는다.

나는 인종을 무력화하는 동시에 극화하기 위해 시종일관 애썼다. 그렇게 해서라도 인종이라는 구성물이 얼마나 유동적이고 철저히 무의미한 개념인지 알리고 싶었다. 피부색을 알아야만 그 인물에 대해 더 잘 알게 되는 것일까? 과연 그럴 수 있을까?

루비 마을의 '바깥' 세상에 존재하는 위협, 그리고 자신들이 흑인이기 때문에 늘 마주해야 하는 위험이 무엇인지를 마을 사람들은 잘 알고 있었다. 이 사실을 알기에 그들은 통제하고 방어할 수 있는, 인종적으로 순수한 흑인 마을을 세우겠다고 결심한다.

열 세대에 걸쳐서야 사람들은 바깥 세상에 무엇이 있는지 알게 되었다. 한때 손짓하던 자유의 공간은 감시하는 사람 없는 동요로 들끓는 곳이 되었다. 무작위의 계획된 악행이 언제든 어디서든 폭발하는 공백. 쭉 뻗은 나무 뒤에서든, 누추할 수도 대궐 같을 수도 있는 어느 집 문 뒤에서든.
'바깥'에서 우리 아이들은 놀잇감, 우리 여자들은 사냥감이었고 나의 인간성 자체가 무효가 될 수 있었다. 교인들은 무기를 들고 교회로 모였고 안장마다 밧줄이 감겨 있었다. '바깥'에서 백인 남성 무리는 죄다 민병대처럼 보였고 홀로 남는다는 것은 죽는다는 뜻이었다.

하지만 지난 3대에 걸쳐 마을을 지키는 방법에 대해서 배우고 또 배운 그들이었다. 그래서 무엇이 중요한지 알았던 과거 노예들처럼…… 8월 중순 어느 날 동이 트기도 전에 열다섯 가족이 이주를 시작했다…… 그들은 다른 이들처럼 머스커기나 캘리포니아로도 가지 않았고 세인트루이스나 휴스턴, 랭스턴, 시카고로 가지도 않았다. 다만 오클라호마 주 더 깊은 곳으로 들어갔던 것이다……

모건 형제는 그들이 힘을 합쳐 설립한 마을에서 점차 지배자가 되어간다. 그리고 얼마 전에 죽은 동생인 루비를 기리기 위해 마을 이름을 루비라고 짓는다. 마을 안에서 그들은 권력을 휘두르며 위협을 가하지만 그럼에도 마을 사람들 사이에서는 깊고 심각한 갈등이 멈추지 않는다.

대립을 일으키는 가장 큰 요소 가운데 하나는 선대의 어른들이 만들었고 루비까지 옮겨진 마을 공동의 오븐이다. 이 오븐에는 글귀가 새겨져 있는데 첫 글자는 지워져 보이지 않는다. 이 글귀는 과연 무슨 뜻일까? '그의 미간의 주름이 되라'일까? 아니면 젊은이들의 주장대로 '우리가 그의 미간의 주름'이라는 뜻일까? 아니면 '여성이 그의 미간의 주름'이라는 뜻일까?

마을에는 외부인과의 간통으로 빈축을 사는 사람도 있고, 근본적인 문제인 종교적 분열도 존재한다. 오만하고 보수적인 풀리엄 목사의 설교는 마을의 분열을 잘 보여주는데, 그는 결혼식에서 이런 설교를 한다.

"사랑에 대해서 이야기해 봅시다. 여러분들은 이 유치한 말이 무슨 의미라고 생각해요? 누굴 좋아하거나 누가 날 좋아하거나 하는 것, 내가 원하는 무언가를 얻기 위해, 어딘가로 가기 위해 상대방을 참고 견디는 것, 아니면 내 몸이 다른 사람의 몸에 어떻게 반응하는지 하는 것과 상관 있다고 생각하지요. 지빠귀나 들소처럼. 아니면 어떤 힘이나 자연이나 운명이 나한테 아무 해도 끼치지 않을 때, 날 다치게 하거나 죽이지 않을 때, 만약 죽인다면 그조차 나를 위해서일 때 그게 사랑이라고 생각하죠.

사랑은 결코 그런 게 아닙니다. 자연 속에는 사랑과 비슷한 것도 없어요. 지빠귀나 들소에도 없고 사냥개들이 흔드는 꼬리에도 없고 꽃에도 없고 젖을 빠는 망아지에도 없어요. 사랑은 오직 하나님의 것이고 언제나 힘들어요. 쉽다고 생각하는 사람은 바보 멍청이입니다. 자연스러운 것이라고 생각한다면 눈이 먼 겁니다. 어떤 이유나 동기도 없는 학습된 마음이에요. 오직 하나님일 뿐입니다.

여러분이 어떤 고통을 겪었든 사랑을 받아 마땅한 게 아닙니다. 억울하다고 사랑 받을 자격이 주어지는 게 아니에요. 원한다고 사랑 받을 자격이 주어지는 것도 아닙니다. 실천과 신중한 사유를 통해 사랑을 표현할 권리를 얻을 수 있고 사랑을 받는 법도 배워야 해요. 다시 말해서 하나님을 만날 자격을 얻어야 합니다. 하나님을 실천해야 합니다. 하나님을 사유해야 합니다. 신중하게. 그래서 착하게 살고 열심히 공부하면 사랑을 보여줄 권리를 얻을 수 있을지 몰라요. 사랑은 선물이 아니에요. 졸업장이에요. 어떤 특권을 부여하는 졸업장이에요. 사랑을 표현하고 사랑을 받을 특권 말이에요.

어떻게 하면 졸업했는지 알 수 있냐고요? 몰라요. 알 수 있는 건 우리가 사람이고 그래서 학습할 수 있다는 것, 그래서 어떻게 배울지 알 수 있다는 것입니다. 그래서 하나님이 우리에게 관심을 가지는 거예요. 하나님은 자신에게만 관심을 가지니까요. 하나님은 사랑에만 관심이 있다 이겁니다. 알아 듣겠어요? 하나님은 여러분에게 관심이 없어요. 하나님은 사랑에 관심이 있고 그 관심을 이해하고 공유하는 사람에게 오는 행복에만 관심이 있어요."

하나님에 대한 이런 시각에 대한 반론을 펼치는 사람도 있다. 결혼식을 주재하고 있는 보다 진

보적인 미즈너 목사는 말한다. "사랑은 동기가 필요 없는 존중이다. 이 모든 것은 하나님이 자신만을 사랑하는 까다로운 하나님이 아니라 사람들이 사랑할 수 있게 한 주님이라는 것을 보여준다. 하나님 자신의 영광을 위해서가 결코 아니다. 하나님은 사람들이 서로 사랑하는 모습을 사랑하셨다. 사람들이 스스로를 사랑하는 모습을 하나님은 사랑하셨다. 타인을 사랑하고 자신을 사랑할 줄도 알았던 십자가 위의 귀재를 사랑하셨다." 풀리엄 목사의 '독약'에 말없이 저항하기 위해 미즈너 목사는 교인들 앞에서 십자가를 들고 서서 이렇게 생각한다.

보이는가. 두 개의 교차하는 선 위에 인간의 포옹을 조롱하는 듯한 자세로 올려 묶인 이 고독한 흑인 남자의 사형이. 이토록 쉽고, 이토록 친숙하고, 의식 속에 의식으로서 내재된, 평범한 동시에 숭고한 두 커다란 막대에 매달린 이 분이.

보이는가. 북실북실한 머리를 가누었다가 다시 가슴 쪽으로 숙였다가 하는 모습이. 한밤의 어둠 같은 살갗의 광채가 흙먼지에 가려 칙칙해지고 길게 난 상처로 뒤덮이다가, 침과 소변으로 더러워지고 뜨겁고 건조한 바람에 백랍처럼 변한 모습이. 그리고 마침내 태양이 수치심에 어두워지고 마치 석양이 찾아온 듯한 오후 햇볕의 기이한 감소, 그 지역에서 언제나 갑작스럽게 찾아오곤 하는 현상과 그의 살갗이 조화를 이루는 가운데 그를 삼키고 다른 사형수들을 삼키는 모습이. 이 원시적 상징의 윤곽이 밤인 척 꾸민 하늘에 보태어지는 모습이.

이 수백 가운데 하나의 공식적인 살인이 만든 차이를 보라. 하나님과 인간의 관계를 최고 결정권자와 탄원자의 관계에서 일대일의 관계로 움직였음을 보라. 그가 든 십자가는 추상적이었다. 거기 매달렸던 몸은 실체로서 존재했지만 둘이 합쳐졌을 때 인간은 무대 뒤에서 스포트라이트 앞으로 나왔고 삶의 가장자리에서 중얼거리다가 비로소 주인공 역할을 맡게 되었다. 이 사형은 우리가 자기 자신과 서로를, 자유롭게, 두려움 없이 존중할 수 있게 해 주었다.

루비 마을 안의 갈등이 너무 커진 나머지 남자들 일부는 공동체 안의 악과 분열을 씻고 파괴하기 위해서 적을 간절히 찾는다. 때마침 루비 밖에 있는, 한때 수녀원이었던 곳에 사는 여자들이 그 목적에 기가 막히게 들어맞았다.

물론 여자들도 평화로운 성녀들인 것만은 아니다. 이들 부적응자 혹은 도망자들은 거의 모든 문제에 대해 의견이 엇갈리지만, 그들 모두를 기꺼이 거두어준 수녀원의 마지막 거주자이자 술독에 빠진 늙은 여성 콘솔레이타에 대한 애정만큼은 모두 똑같았다.

루비의 남자들이 이 여자들에게 폭력을 가하기 이전에 콘솔레이타는 '소리 내어 꿈꾸기'라는 특별한 의식을 요구하는데 이 의식은 수녀원에 사는 모든 여자들을 정화하고 그들에게 힘을 주었다. 그러나 이미 늦었다. 루비의 남자들이 덮쳐오고 있었다.

피부색과 젠더의 구분으로 인한 권력의 분배가 초래하는 이 모든 싸움과 혼란, 난공불락의 갈등 속에서도 나는 특정 인물들에게 주목하고자 했다. 그들은 모두 위험에서 빠져나오고 실수를 만회하려고 애쓰는 인물들이었다. 그들 한 사람 한 사람의 서사에 일대일로 다가가고자 했다.

이 소설은, 그러니까 이 소설을 쓴 의도를 생각할 때면 내가 몇 년 전 빈 비엔날레에서 경험한 어떤 것을 떠올리게 된다. 거기 전시되어 있던 어떤 미술작품은 어두운 방으로 들어가서 감상하도록 되어 있었다. 그 안에는 거울이 있었는데 이 거울을 마주하고 서자 곧 한 형상이 나타났고 서서히 내 쪽으로 움직이면서 모습을 드러냈다. 어떤 여자였다. 나와 키가 비슷한 여자가(그러니까 여자의 형상이) 가까이 다가와서 유리 위에 손바닥을 얹었고 나에게도 손바닥을 얹으라고 했다.

우리는 얼굴을 마주한 채 아무 말 없이 서로의 눈을 바라보며 서 있었다. 형상은 천천히 흐려지며 작아졌고 어느새 완전히 사라졌다. 또 다른 여자가 나타났다. 우리는 다시 손바닥을 마주 대고 서 있었고 서로의 눈을 바라보았다. 이것이 한동안 반복되었다. 각각의 여성은 나이, 체형, 피부색, 옷이 다 달랐다.

정말 특별했다고 해야겠다. 낯선 이와의 이런 친밀감이. 이런 침묵, 이런 이해가. 서로를 받아들이는 일이. 한 사람이 한 사람을.

5.

영원한 타인
'빌러비드'를 위하여

여인의 얼굴에 드러난 괴로움을 목격한 나는
탄식할 수밖에 없었다. 지적인 존재를 향해 휘두르는
무책임한 권력은 얼마나 끔찍한가!

마가렛 가너 이야기

나는 랜덤하우스 출판사에서 선임 편집자로 약 19년을 보내면서 출판사의 출간 목록에 최대한 많은 아프리카계 미국인 작가들을 포함시키려고 애써왔다.

내가 편집 위원회에 소개해서 승인된 프로젝트 중에는 토니 케이드 밤바라, 앤젤라 데이비스, 게일 존스, 휴이 뉴튼 등의 책이 있다. 무하마드 알리의 자서전을 제외하면 판매량은 초라했다. 하루는 영업부 회의에서 이 문제를 논의했는데 어느 지방 영업 담당자는 책을 "양방향 모두에서" 팔 수는 없다고 말했다. 그 말은 백인이 주로 책을 사고 흑인은 덜 사거나 거의 사지 않는다는 뜻이었다.

나는 생각했다. 그렇다면 만약 흑인들의 관심을 끌 만큼 재미있고 매력 있는 책을 만든다면 어떨까? 그렇게 시작된 상상이 그대로 《블랙 북The Black Book》이 되었다. 흑인 작가들의 사진, 가사, 발명 특허, 신문기사, 광고 포스터 등 아프리카계 미국인의 역사와 문화에 관한 모든 것을 세련되게 담은 스크랩북이었다. 끔찍하고 처참한 모습도 담았고, 아름답고 자랑스러운 모습도 모두 담았다. 자료는 도처에서 나왔다. 하지만 정말로 큰 도움이 된 것은 수집가들이 갖고 있었던, 미국과 아프리카계 미국인의 역사를 담은 수많은 상자와 서류철에서 나온 물건들이었다.

당시 내가 모은 자료 중에는 흥미로운 헤드라인이 달린 신문기사가 있었다. '자식을 죽인 노예 엄마와의 면회.' P. S. 배셋 목사가 쓴 것으로 1856년 2월 12일 《아메리칸 뱁티스트American Baptist》에 게재되었다. 오하이오 주 신시내티의 페어

마운트 신학교 소속의 배셋 목사는 수감자들과 함께 예배드리는 것을 자신의 의무로 삼으며 살고 있었다.

그때 구치소에서 만난 노예 엄마 마가렛 가너는 노예로 살고 있던 켄터키 주에서 식구들과 함께 노예제도가 폐지된 오하이오 주로 도망쳐 온 사람이었다. 배셋 목사는 마가렛 가너와의 만남을 다음과 같이 기록했다.

지난 안식일, 신시내티 시내 구치소에서 예배를 끝내고 난 뒤 친절한 보안관 대리 덕분에 지난 두 주간 그토록 말 많았던 사건의 당사자인 그 불행한 여인의 감방을 방문할 수 있었다.

여인은 몇 개월 되지 않은 갓난아기를 안고 있었고 이마에는 커다란 멍이 들어 있었다. 나는 어떻게 멍이 들었는지 물었다. 그랬더니 여인은 자녀들을 죽이려고 시도했던 일에 대해 자세히 이야기하기 시작했다.

경찰과 노예 사냥꾼들이 여인이 숨어 있는 집에 다다랐을 때, 여인은 재빨리 삽을 들고 두 아이들의 머리를 내리쳤다. 그 다음에는 칼을 들고 셋째의 목을 그었고 또 다른 아이를 죽이려고 했다. 만약 시간만 주어졌다면 모두 죽였을 것이라고도 말했다. 자신은 아무래도 상관없지만 자식들에게 자신이 겪은 고통을 겪게 하고 싶지 않았다는 것이다.

나는 여인에게, 당신이 살해할 당시 거의 광기에 휩싸인 상태가 아니었느냐고 물었다. 여인은 아니라고 했다. 지금과 다를 바 없이 냉정했다, 노예 상태로 돌아가 야금야금 죽음을 당하느니 목숨을 한 번에 끊어 고통을 멈추어주는 게 낫다고 생각했다, 하고 여인은 말했다.

그런 뒤 여인은 자신이 겪은 부당한 일들에 대해 털어놓았다. 시련의 시절, 가혹한 노동이 이어졌던 밤들에 대해 말하는 동안 여인의 두 뺨에는 쓰라린 눈물이 흘렀고 웃는 얼굴로 엄마를 올려보던 천진무구한 아이의 얼굴 위로 떨어졌다. 아이는 위험하고도 필시 고통스러울 앞날에 대해 아무 것도 모르는 얼굴이었다.

사실을 전해 듣고 여인의 얼굴에 드러난 괴로움을 목격한 나는 탄식할 수밖에 없었다. 지적인 존재를 향해 휘두르는 무책임한 권력은 얼마나 끔찍한가! 여인은 자신이 죽인 아이가 모든 고난과 슬픔으로 부터 자유로워졌다는 투로 말했는데, 여인이 그때 드러낸 만족감은 핏줄 속의 피를 얼어붙게 할 지경이었다. 하지만 여인은 뜨겁고 다정한 모성애를 갖고 있는 것이 분명했다. 스물다섯쯤 된 여인은 평균적인 수준의 선의, 활발한 지성, 그리고 강인한 인품을 갖고 있는 듯 보였다.

두 남자와 살아남은 다른 두 아이들은 다른 감방에 있었지만 여인의 시어머니는 같은 방에 있었다. 여인의 시어머니는 자녀가 여덟이었는데 대부분을 빼앗겼다. 남편은 25년 전에 곁을 떠났는데 그 이후로 한 번도 보지 못했다. 여자(여인의 시어머니)는 할 수 있었다면 남편에게 절대 돌아오지 말라고 했을 것이다. 여자가 겪고 있는 고통을 보여주고 싶지도 않았고 돌아왔을 때 남편이 겪을 끔찍한 일을 겪게 하고 싶지도 않았다.

여자는 자신이 성실한 노예였다고 말한다. 나이가 들어서 자유를 얻어야겠다는 생각은 하지도 못했지만, 여자가 약해지고 일을 할 수 없는 상태가 되자 주인은 여자를 점점 더 엄격하고 가혹하게 부렸다. 여자는 더 이상 견딜 수가 없었다. 죽기밖에 더 하겠느냐 하는 생각에 탈출을 시도했다.

여자는 자기 며느리가 자식을 죽이는 것을 목격했지만 며느리를 부추기지도 말리지도 않았다고 말했다. 같은 상황이었다면 똑같이 했을 터이기 때문이다. 시어머니는 60세에서 70세 정도 됐고 약 20년 동안 신앙을 고백하는 삶을 살았다. 여자는 억압하는 자들의 권력으로부터 구원 받고 구세주와 살 수 있게 될 날, 그러니까 '악한 자들이 괴롭힘을 멈추고 지친 자들이 쉬게 될 날'에 대해 열렬히 이야기한다.

이 노예들은 (내가 전해 듣기로는) 평생 신시내티에서 16마일밖에 떨어지지 않은 곳에서 살았다. 사람들은 켄터키 주의 노예제도가 아주 느슨하다고 자주 이야기한다. 만약 이것이 그 순한 제도의 결과라면 더 가혹한 제도 아래에서는 도대체 어떤 일이 벌어진단 말인가? 더 말해 무엇하랴.

이 글 속에서 내 관심을 끈 것은 첫째, 시어머니가 자기 자녀를 살해하는 며느리의 행위를 비난하지도 인정하지도 않았다는 점과, 둘째, 마가렛 가너의 침착함이었다.

미움 받은 만큼 더 많이 사랑하라

이미 알고 있는 독자들도 있겠지만 마가렛 가너의 이야기는 나의 소설 《빌러비드Beloved》(1987)의 바탕이 되었다. 소설이 나오고 10년쯤 후 실존 인물 마가렛 가너의 전기가 출간되었다. 제목은《오늘날의 메데아: 옛 남부의 노예제도와 자녀 살인에 대한 어느 가족의 이야기Modern Medea: A Family Story of Slavery and Child-Murder from the Old South》이고 스티븐 와이즌버거가 썼다.

와이즌버거가 비유 대상으로 삼은 메데아는 부정한 남편에 대한 복수로서 아이들을 죽이고 외면을 받는 여자이지만, 내가 의도한 서사는 납득 가능한 행위인 동시에 무자비한 행위로서의 자녀 살인에 대한 것이다.

와이즌버거의 전기는 마가렛 가너의 행위와 그 결과에 관한 사실들을 철저히 살펴보고 있지만 나는 그 사실들을 거의 알지 못했고 의도적으로 찾아보지도 않았다. 그럴 기회가 있지도 않았다. 나는 오로지 나의 상상력에 기대고 싶었다. 나의 주 관심사는 시어머니가 며느리의 살인을 비난하지 못했다는 점을 이해하는 데에 있었으니까.

시어머니의 궁극적인 입장이 어떠했을지 고민

하면서, 나는 엄마를 심판할 수 있는 명백한 권리를 가진 사람은 죽은 아이뿐이라는 결론을 내렸다. 그래서 이 아이의 이름을, 돈이 모자란 어머니가 묘비에 새길 수 있었던 단 하나의 말, 빌러비드(beloved는 사랑받는 사람이라는 의미—옮긴이)라고 했다.

나는 물론 이름을 바꾸고 등장인물들을 새로 창조하고 인물을 없애기도 하고 축소하기도 했다. 마가렛 가너의 남편 로버트가 그런 경우이다. 재판 과정도 철저히 무시했다. 그 과정은 수개월에 걸친 아주 길고도 수없이 많은 논란에 휩싸인 과정이었으며, 노예 폐지론자들을 뒤흔들었다. 그들은 1850년 탈주노예법을 뒤집기 위한 노력의 일환으로 마가렛 가너에게 살인 혐의를 씌우기 위해 그를 악명 높은 스타로 만들었다.

가너의 자녀들 가운데 몇몇은 혼혈이었다. 나는 이 사실을 알지도 못했지만 만약 알았더라도 무시했을 것이다. 이것은 가너의 주인이 가너를 강간했다는 명백한 증거이기도 하다. 가녀의 남편은 종종 다른 농장으로 보내져 일을 했을 터이기 때문에 강간은 아주 쉬운 환경 아래 이뤄졌을 것이다.

나는 가녀의 살아남은 자녀를 단 한 명으로 정했다. 그리고 이 아이가 태어날 때 그 자신 또한 탈주 노예인 어느 백인 여자가 돕는 것으로 설정하였다. 백인 여자의 동정심은 인종이 아닌 젠더를 바탕으로 하고 있었다. 어머니의 이름은 세서이며, 홀로 탈주하도록 했다. 그리고 죽은 아이에게 말을 하고 생각하게 했는데 그 아이가 끼치는 영향, 그리고 출몰이 노예제도라는 구태와 그로 인한 피해로 작용하도록 했다.

베이비 석스라는 이름의 시어머니에게는 소속된 교회가 없는 자칭 설교자로서 노예제도를 이겨내는 결정적인 역할을 맡겼다. 그리고 며느리를 비난하지 않으려는 태도의 배경에 그가 설교 속에서 드러냈던 사랑에의 믿음과 헌신이 있음을 설명하고자 했다.

베이비 석스가 숲속 공터에서 했던 설교의 일부는 이렇다.

"여기, 이곳에서, 우린 살이에요. 흐느끼는 살, 웃는 살. 풀밭에서 맨발로 춤을 추는 살. 사랑하세요. 열렬히 사랑하세요. 저 밖에서는 우리들의 살을 사랑하지 않습니다. 혐오해요. 우리들의 눈을 사랑하지 않습니다. 언제든 파버릴 거예요. 저들은 우리들의 등가죽도 사랑하지 않습니다. 채찍으로 벗길 테니까요, 저 밖에서는. 여러분 저들은 우리들의 손도 사랑하지 않아요. 우리들의 손을 사용하거나 묶거나 속박하거나 자르거나 빈털터리로 남기지요. 여러분의 손을 사랑하세요! 사랑하세요. 높이 들고 입맞추세요. 손으로 다른 사람들을 느끼고 손을 마주치기도 하고 얼굴을 쓰다듬어 보세요.

저들은 우리 얼굴도 사랑하지 않아요. 우리가 사랑해야 해요. 우리가! 저들은 우리 입도 사랑하지 않지요. 저 밖에서 저들은 우리 입을 부수고 또 부술 겁니다. 입으로 무슨 말을 해도 듣지 않을 겁니다. 무슨 말을 외쳐도 귀 기울이지 않습니다. 우리가 우리 몸을 먹이기 위해 입 안으로 집어넣는 것들을 저들은 가로채고 대신 찌꺼기만 줄 거예요. 우리 입을 전혀 사랑하지 않습니다. 우리가 사랑해줘야 해요…… 그리고 여러분, 저 밖에서는 밧줄에 매달리지 않은 우리들의 꼿꼿한 목을 좋아하지 않는 답니다. 그러니 목을 사랑하세요. 목에 손을 대고 축복을 내리고 쓰다듬고 똑바로 세워보세요.

저들이 돼지 먹이로밖에 보지 않는 우리 몸 안에 있는 것들도 사랑해주어야 해요. 검디검은 간을 사랑하고 또 사랑하세요. 두근두근 뛰는 심장도 사랑하세요. 눈이나 발보다 더 사랑하세요. 아직 자유의 공기를 마셔보지 않은 허파보다 더 사랑하세요. 삶을 품는 자궁보다, 삶을 부여하는 은밀한 부분들보다 심장을 더 사랑하라는 내 말 잘 들으세요. 이것이 바로 우리의 귀중한 목적입니다."

나는 살아남은 아이에게 덴버라는 이름을 지어 주고 그 아이의 삶을 더욱 조명하고자 했다. 덴버는 출산을 도운 백인 여자의 이름에서 따온 것이다. 자기 언니를 죽인 엄마와 사는 삶이, 하지만 할머니와 이웃들의 심적인 도움과 실질적인 도움으로 인해 용기를 얻고 무럭무럭 성장할 수 있었던 그 삶이 어떤 모습일지 탐색해보았다.

결말도 내 식대로 만들었기 때문에 희망을 남기기로 했다. 반면 현실의 마가렛 가너가 맞이한 결말은 슬프고 충격적이었다. 그러나 세서라는 새로운 이름과 새로운 모습으로 태어난 나의 노예 어머니는 자신과 자신의 딸에게 벌어진 비극에도 불구하고, 마침내 자신이 가치 있는 인간일지도 모른다는 생각을 하게 된다. 아니, 심지어 그렇게 깨닫는 것으로 그려졌다.

세서는 폴 D에게 빌러비드에 대해 이렇게 말한다.

"나한테는 그 애만한 것이 또 없었어."

폴 D는 아니라고 한다.

"너한테는 너만한 것이 또 없지."

세서는 의문을 제기한다.

"내가? 내가?"

세서는 잘은 모르지만 적어도 흥미로운 생각이라고 여긴다. 그래서 후회 없는 화합과 평화의 가능성이 열리는 것이다.

무죄의 이유마저도

이 결말은 물론 실질적인 마지막은 아니다. 최후의 문장은 타자이자 최초의 동기 부여자, 그리고 소설의 존재 이유, 즉 빌러비드 자신에게 주어지는 글이다.

어떤 외로움은 어르고 달랠 수 있다. 무릎을 세우고 두 팔로 감싸안은 채, 껴안고, 붙잡고 어르는 이 동작은, 흔들리는 배의 모습과는 또 다른 이 동작은, 스스로를 어르는 사람을 쓰다듬고 에워싼다. 피부처럼 탄탄하게 감싸인 속에서 일어나는 동작. 어떤 외로움은 방황한다. 아무리 어르고 달래도 붙잡아 둘 수 없다. 살아 있고 스스로 움직인다. 무미건조하게 발산하는 이것은 떠나가는 내 발소리가 먼 데서 들려오는 것처럼 느껴지게 만든다.

여자가 어떻게 불리는지 모두가 알고 있었지만 아무도 여자의 이름을 몰랐다. 기억에서 사라지고 설명이 불가해진 여자는 실종된 것은 아니다. 아무도 찾고 있지 않기 때문이다. 찾고 있다한들 이름을 모르면 어떻게 불러 세우겠는가?

여자는 가지려 하지만 아무도 여자를 가지려 하지 않는다. 키 큰 풀들이 뜸해지는 장소에서 사랑을 받으려고, 치욕을 울부짖으려고 기다렸던 소녀는 산산조각으로 폭발하고 이를 악 문 웃음소리가 소녀를 죄다 삼킬 수 있게 허락한다.

널리 전할 만한 이야기는 아니었다.

사람들은 악몽을 잊듯 소녀를 잊었다. 그날 문 앞에 앉아 있던 소녀를 본 사람들은 이야기를 꾸며내고 빚어내고 장식한 다음에 서둘러, 그리고 일부러 소녀를 잊었다. 소녀에게 말을 건넸던 사람들, 소녀와 살았던 사람들, 소녀와 사랑에 빠졌던 사람들이 소녀를 잊는 데는 좀 더 오래 걸렸다. 하지만 점차 소녀가 했던 말을 단 하나도 기억하지 못하거나 되풀이할 수 없다는 사실을 깨달았고, 그들이 생각하고 있던 것 말고는 소녀가 아무 말도 하지 않았다고 믿게 되었다.

결국 그들도 소녀를 잊었다. 기억을 남겨두는 일은 어리석게 느껴졌다. 소녀가 어디서 왜 웅크렸는지, 소녀가 그토록 갈구했던 물밑의 얼굴이 누구의 얼굴이었는지 알 수 없었다. 턱밑으로 보이는 미소의 기억이 있었을지 모르는 곳, 사라지고 없는 곳에 빗장이 걸리고 쇠막대에는 풋사과 빛깔의 이끼가 피어났다. 왜 소녀는 빗물을 머금은 자물쇠를 손톱으로 열 수 있다고 생각했을까?

널리 전할 만한 이야기는 아니었다.

그래서 소녀를 잊었다. 불편한 잠 속에서 꾼 불쾌한 꿈처럼. 하지만 이따금 치마가 사각거리는 소리가 들리고 눈을 뜨면 잦아든다. 잠잘 때 뺨을 스치는 손가락은 진정 내 것이 맞나 싶다. 때로는, 가까운 친구나 친척의 사진을 너무 오래 들여다보면 얼굴이 변하는 듯, 사랑하는 사람의 얼굴보다 더 익숙한 어떤 것이 거기서 움직이는 듯하다. 원하면 만질 수 있지만 만지지 않는다. 만지면 결코 그 전으로 돌아갈 수 없다는 것을 알기에.

널리 전할 만한 이야기는 아니었다.

124번지 뒤편 냇물에는 소녀의 발자국이 나타났다 사라지고 나타났다 사라진다. 아주 친근한 모습이다. 어린이가, 어른이 그 자국에 발을 넣는다면 꼭 맞을 것이다. 발을 빼면 다시 사라질 것이다. 아무도 다녀가지 않았다는 듯.

머지않아 모든 흔적은 사라지고, 잊힌 것은 발자국뿐만이 아니라 냇물과 그 속에 있는 것들이다. 남은 것은 날씨. 기억에서 사라지고 설명이 불가해진 것의 숨결이 아니라 나뭇잎 사이의 바람, 혹은 너무 빨리 녹는 봄철 얼음. 날씨뿐이다. 실로 입맞춤을 바라는 아우성은 아니다.

빌러비드.

실제 재판의 결과를 나는 알고 있었다. 노예 어머니에게는 자식을 죽인 데 대한 어떤 법적 책임도 없다는 결론이었다. 만약 법적 책임이 있는 것으로 판명이 났다면 사형에 처해졌을 것이다.

하지만 연방 지방법원은 탈주 노예법을 우선시하여 판결을 내려야만 했다. 그러므로 마가렛 가너는 법적으로는 누군가의 재산이었고, 가너의 자녀들도 마찬가지로 가너에게 속한 존재가 아니었다. 언제든지 매매될 수 있으며, 평상시에도 매매되었던 상품이라는 얘기다. 다시 말해 가너를, 어머니 역할을 비롯하여 여러 책임을 수행해야 하는 인간이 아니라 소처럼 매매될 수 있는 가축으로 최종 판단한 것이다.

어찌 되었든 가녀의 파멸은 정해져 있었다. 살인자로서 이른 죽음에 처해지느냐, 노예로서 가혹 행위를 당하며 오랜 시간에 걸친 죽음에 처해지느냐…… 실제로 와이즌버거에 따르면 가녀는 다시 남부로 보내져 노예로 살았고 1858년에 장티푸스로 사망했다고 한다.

실존했던 마가렛 가녀의 이야기는 흥미로운 부분이 많지만, 중요한 건 소설의 중심이자 전개에 엄연히 죽임을 당한 아이가 있다는 사실이다. 그 아이를 상상하는 것이 나에게는 예술의 정신이자 예술의 뼈대였다.

허구적 서사는 타자, 즉 이방인이 되거나 혹은 이방인이 되어갈 수 있는 기회를 주는 통제된 야생 상태를 제공한다. 이곳에서 동정심과 명료한 눈을 가져볼 수 있고 자기 성찰의 위험을 감수할 기회도 얻는다. 이러한 변화 속에서 저자인 나에게 궁극적인 타자는 출몰하는 유령 소녀 빌러비

드이다. 아우성을, 영원한 입맞춤을 바라며 아우
성을 치는 소녀 빌러비드이다.

토니 모리슨을 읽는 우리의 자세

흑인이자 여성이며, 노벨상 수상 소설가이자 학자로서 살았던 토니 모리슨은 이 책에서 인종차별이 끊이지 않는 미국 사회에 대해 소름 돋는 통찰력을 제공한다. 나는 이 책의 역자이기도 하지만, 그에 앞서 미국 사회의 인종차별 문제를 사실상 강 건너 불 보듯 했던 평범한 한국의 독자로서 이 책과 처음 마주했다. 그럼에도 모리슨이 때로는 직설적으로, 때로는 은유적으로 밝혀주는 차별과 혐오의 기제에 대해 읽으면서 구구절절 무릎을 치지 않을 수 없었다.

　토니 모리슨은 주로 미국 내 백인에 의한 흑인의 타자화와 차별을 다루고 있기 때문에, 그리고 우리나라는 사정이 다르기 때문에, 어떤 독자들은 모리슨의 글이 잘 와 닿지 않는다고 느낄 수도 있다. 우리 사회에도 알아야 할 문제가 많은데 황금 같은 시간을 들여 미국 사회에 대한 이런 글을 읽어야 하는 이유는 무엇일까?

우리나라에서는 피부색과 문화가 서로 다른 사람들이 미국만큼 폭넓게 어울려 살고 있지 않다. 물론 우리나라도 점점 다양한 문화와 언어를 쓰고 피부색이 서로 다른 사람들이 늘어나고 있다는 점에서 충분히 참고할 만한 점이 많다. 그런데 이것은 일부 독자에게는 충분하지 못한 설명일 수 있다.

하지만 나는 이 책에 담긴 모리슨의 통찰이 우리나라의 가장 시급한 문제들과 닿아 있다고 단언할 수 있다. 우리나라의 독자들이 모리슨을 읽을 때 염두에 두면 좋을 당면한 문제 가운데 하나는, 종종 '남녀갈등'이라고 잘못 명명되곤 하는 여성 혐오의 문제이다. 이 책에서 타네히시 코츠가 서문에서 밝히듯 인간은 다른 인간을 '비인간화' 하기 위해 '타자화'라는 의도적인 노력을 기울인다. 다른 인간을 인간으로 취급하지 않기 위해 일단 타인으로 만든다는 것이다.

모리슨은 인종이라는 개념이 '권력과 통제의 필요'에 의해 만들어진 관념이라는 사실을 거듭 말한다. 독자들이 모리슨을 읽을 때 우리 사회를 염두에 둔다면 이런 질문을 할 수 있을 것이다. '그렇다면 남성과 여성의 차이 또한 상당 부분 만들어진 것은 아닐까?' 이런 의문을 가지고 모리슨을 읽으면 다음과 같은 문장들이 새로운 울림을 가질 수 있다.

지구상의 거의 모든 집단은, 권력이 있든 없든, 타자를 구축함으로써 신념을 강화하기 위해 비슷한 방식으로 타 집단을 통렬히 비난해왔다.

사람은 어떻게 하면 인종차별, 성 차별을 하게 되는

걸까? 누구도 태어날 때부터 인종차별을 하지 않으
며 성 차별을 하기 쉬운 소인을 가진 태아는 없다.
타자화는 강의나 교육을 통해 배우는 것이 아니라
남이 하는 것을 보고 따라 배우게 된다.

모리슨이 플래너리 오코너의 단편소설을 통해
어린 아이가 혐오를 배우는 과정, 아이의 삼촌이
흑인을 통해 자존감을 획득하는 과정을 드러낼
때도 우리가 처한 현실을 염두에 두면서 책을 읽
으면 더 좋을 것 같다.

아이의 교육은 이렇게 완성된다. 인종차별에 대해
성공적으로 솜씨 있는 가르침을 받은 아이는 이제
존경 받을 자격, 지위를 얻었다고 믿는다. 타자를
꾸며내는 과정을 통해 권력을 얻었다고 착각하게
된다.

과연 우리 사회는 어떤 아이들을 키워내고 있

을까? 혹시 "나는 괴물이 아니야! 괴물이 아니라고! 내가 나약하지 않다는 걸 증명하기 위해 힘없는 것들을 괴롭히는 것이야"라고 외치는 아이들을 만들어내고 있는 것은 아닐까. 이런 생각을 하고 나면 등골이 오싹해진다.

뿐만 아니라 모리슨은 먼저 타인을 구축하고 그 타인을 소외시키고자 하는 경향에서 본인도 예외가 아니라고 말한다. 모리슨은 이웃에서 우연히 만난 한 여자에 대해 멋대로 온갖 추측을 한 다음, 그 여자가 거짓말을 했다는 사실을 알고는 다소 억울한 감정을 느낀다. 하지만 거기서 멈추지 않고 그런 감정을 느낀 이유를 추적한다. 타인에게서 우리가 미처 포용하지 못한 우리 자신의 모습을 보고 그 타인을 지배하고 통제하고 싶은 욕구를 느끼게 된다는 것이다. 여성이라고 해서 여성 혐오적인 시선에서 자유로울 수 없다는 의미로도 읽을 수 있다.

이런 욕구 앞에서 우리는 인간에게 주어진 과

제를 상기해야 한다. 모리슨은 그것이 "인간성을 유지하고 타인의 비인간화와 소외를 막는 일"이라고 말한다.

또 다른 저서 《보이지 않는 잉크》에서도 모리슨은 인간이 지구상의 유일한 도덕적 주민이라고 말한다. 사회적 규범에 덮어놓고 충성하는 엄숙주의자가 진정한 인간이라는 의미가 아니다. 다른 짐승과 달리 인간은 옳고 그름을 안다는 뜻이다. 선거에서 이기기 위해서 혹은 경제적 이권과 사회적 지위를 유지하기 위해서 타자화를 일삼는 행위는 인간답지 못하다는 뜻이다. 이것은 오히려 인간에 대한 매우 희망적이며 낙관적인 선언이다.

이 책에 담긴 토니 모리슨의 2016년 하버드 강연은 도널드 트럼프의 미국 대선 승리 이전에 이루어졌다. 저술가이며 기자이고, 영화로 만들어지기도 한 《블랙 팬서》의 스토리 작가 타네히시 코츠가 이 책의 서문을 쓴 것은 트럼프가 집권한 이후이다. 담담하게 썼지만 어딘가 근심스러워 보이는 코츠의 서문은, 그럼에도 좌절이 답이 아니며 모리슨을 전진의 동력으로 삼자고 말하고 있다.

새로운 정부가 출범하는 2022년 봄의 우리 또한 인류에 대한 희망을 버리지 않은 모리슨의 긍정적이며 꿋꿋한 기상에서 앞으로 나아갈 힘을 얻길 바란다.

타인의 기원

초판 1쇄 발행   2022년 6월 10일

지은이   토니 모리슨
옮긴이   이다희
책임편집   강희재 박하영
디자인   김슬기

펴낸곳   (주)바다출판사
주소   서울시 종로구 자하문로 287
전화   322-3675(편집), 322-3575(마케팅)
팩스   322-3858
E-mail   badabooks@daum.net
홈페이지   www.badabooks.co.kr

ISBN   979-11-6689-095-6 03840